踏 寻 梵 高 的 足 迹

丘彦明　著/摄

南方出版传媒

花 城 出 版 社

中国·广州

图书在版编目（ＣＩＰ）数据

踏寻梵高的足迹 / 丘彦明著、摄. -- 广州 : 花城
出版社，2017.7（2018.3重印）
ISBN 978-7-5360-8379-0

Ⅰ. ①踏… Ⅱ. ①丘… Ⅲ. ①游记－作品集－中国－
当代 Ⅳ. ①I267.4

中国版本图书馆CIP数据核字(2017)第136655号

出 版 人：詹秀敏
责任编辑：黎 萍 蔡 宇
技术编辑：薛伟民 凌春梅
封面设计：吴冠曼

书　　　名 踏寻梵高的足迹
　　　　　 TAXUN FANGAO DE ZUJI
出版发行 花城出版社
　　　　　（广州市环市东路水荫路 11 号）
经　　　销 全国新华书店
印　　　刷 广东新华印刷有限公司
　　　　　（广东省佛山市南海区盐步河东中心路 23 号）
开　　　本 880 毫米×1230 毫米 32 开
印　　　张 6.75　1 插页
字　　　数 150,000 字
版　　　次 2017 年 7 月第 1 版　2018 年 3 月第 2 次印刷
定　　　价 42.00 元

如发现印装质量问题，请直接与印刷厂联系调换。
购书热线：020－37604658　37602954
花城出版社网站：http://www.fcph.com.cn

◇ 梵高 《挖马铃薯的妇人》 炭笔素描 41.7cm×45.2cm 1885

◇ 梵高 《晚祷》（仿米勒） 铅笔、墨水淡彩 47cm×62cm 1881

◇ 梵高 《扛煤袋的妇人们》 铅笔、钢笔 43cm×50cm 1881

◇ 梵高 《缝衣的欣与女孩》 炭笔、墨水、水彩、布纹纸 55.5cm×29.9cm 1883

◇ 梵高 《渔夫的头像和防风帽》 铅笔、粉笔、墨水、纸 50.5cm×31.5cm 1882—1883

目录

自序　踏寻梵高的足迹

辑一　PART ONE 踏寻梵高的足迹

004 津德尔特（Zundert）

012 泽芬贝亨（Zevenbergen），提耳堡（Tilburg）

022 海牙（Den Haag）

032 伦敦（London）

041 海尔福伊特（Helvoirt）

045 埃滕（Etten-Leur）

052 拉姆斯盖特（Ramsgate）

060 艾尔沃斯（Isleworth）

071 多德雷赫特（Dordrecht）

080 阿姆斯特丹（Amsterdam）

087 布鲁塞尔（Brussels）

095 博里纳日（Borinage）——奎姆（Cuesmes）、瓦姆（Wasmes）

106 霍赫芬（Hoogeveen），新阿姆斯特丹（Nieuw-Amsterdam）

127 纽伦（Nuenen）

143 安特卫普（Antwerp）

151 巴黎（Pairs）

165 阿尔勒（Arles），圣雷米（St. Rémy）

172 奥维（Auves-sur-Oise）

辑二　PART TWO 我看梵高

184 我看梵高的经济算盘
187 从梵高的教育谈起
189 梵高背后的女人
191 访故居看梵高的恋爱

后记　踏寻梵高足迹后的省思

自序　踏寻梵高的足迹

　　我出生于南台湾的新营市，自有记忆开始，几乎每个新年父母都会带着我们三姐弟，搭着火车去台南市的生生皮鞋店，为每人买一双新皮鞋。之后，尚有余暇，便领我们去延平郡王祠或者赤崁楼走一走。因此，对于荷兰人曾经占领台湾，而后被郑成功赶走的历史非常熟悉。

　　长大去了台北读书，大学时代与工作之后，一直喜爱淡水的景致与人情，常于假日与好友们往淡水河口去，并在河边、山上、大街小巷间乱窜。淡水的红毛城、淡水工商的红砖建筑，总叫我流连忘返。对荷兰，更增添了许多好奇。

　　一九八六年，我前往欧洲自助旅行，遇见当时在荷兰攻读博士学位的唐效，他领着我走出观光客的游区，让我对于荷兰的城乡规划、政经体制、人文与自然的融合有了进一步的认识，对于这个小国的国富与民安大为惊奇。

　　一九八八年放下工作前往比利时留学，由于地利，我经常前往荷兰。那时的我，多么年轻，除了因热爱文艺改读艺术，把研究荷兰艺术大师林布兰特、维梅尔、梵高、蒙德里安等的创作，视为提升自己艺术境界的力量；同时还忧国忧民，心想：早先自己主攻新闻与大众传播，总应该利用原来的专业训练，把荷兰这个国家弄清楚，待学成返台，也许这方面累积的知识还能做些贡献。

没想到，一九九○年与唐效结婚，他被任职的国际公司派往美国工作，我们因此转战美国。一年之后，我们必须做出决定，留驻美国还是返回荷兰？面对高科技蓬勃发展的美国，对热衷科学研究的丈夫来说，留下来无疑具有极大的诱惑力。这时，大部分亲朋好友也都认为定居美国乃上策，为什么要返回荷兰那"农业小国"？其中唯独郑树森教授力劝我们回到欧洲。

他说："现代通信的快速发展，有心做研究在哪儿做差别不大，可是生活质量各国的差别却很大，荷兰是我们一批朋友公认的'理想国'。"唐效与我再三斟酌，接受了他的意见。

虽返回荷兰，但并没有长居的打算。喜爱游山玩水及对不同文化充满好奇的我们，在没有儿女牵绊的基础下，梦想着每隔五年转换一个国家，领略不同的生活形式。岂料，回到荷兰不久，丈夫换了公司，进入了不同的工作领域——金刚石在工业上的用途，其中充满了新科技的新鲜与挑战；十多年后，又自己创业。于是，在荷兰留了下来。等再回头一看，居然二十几年过去了！

书中《踏寻梵高的足迹》这一辑，内容是我居住欧洲这些年，陆陆续续走过梵高生前停留过的地方后，将旅行的感触，加上梵高在世时西方与中国的社会背景，结合起来的书写。希望透过描绘梵高的生命历程、自己旅行所见所闻和历史对照的心得，引起读者共鸣。

写作方式是以梵高年表的顺序，让读者易于联想。为了尽量写全梵高生前住处，我阅读了不少相关资料，有些地方虽已造访过，也重新再行走过，以补充不足，并添拍照片。

"踏寻"这件事，当一九九九年有了开头之后，就欲罢不能地坚持了下来，陆陆续续走到二〇一二年。

梵高在他生活的年代，属于旅行颇多的人；能完成走访梵高足迹的行程，特别感谢唐效的支持与协助，他牺牲休假充当司机，毫无怨言。特别是巴黎之行，城里交通复杂又无处停车，每找到一处遗址，我下车观察、感受、拍照，而他只能守在车内注意躲避警察，紧张一日，肩膀僵硬、腰酸背痛、胃口全失。

阅读报纸，得知二〇一五年，梵高居住过的纽伦，特意铺就一条星空自行车大道，宛如名画《星夜》中的晶莹灿烂，长六百米，吸引梵高迷。近年，法国南部阿尔勒旅游局一反过去的沉默，突显该地梵高的曾经，招徕观光客；效法奥维，在每个梵高户外创作之处，竖立画作标牌，对照实景，带出思古幽情。

伴随更多梵高个人与画的研究，许多有关他的事物，正以不同的新方式不断呈现，都待读者有机会自己去感受；而我呢，也会在将来的岁月，一一前去领会昔时与变化后的个中差异。

至于《我看梵高》文辑，顾名思义，收录的几篇短文，是我自己对梵高的一些剖析。二〇〇九年台湾联合报系在台北举办梵高特展，邀我写文章共襄盛举，《从梵高的教育谈起》《梵高背后的女人》《访故居看梵高的恋爱》三篇文章，即配合展出刊登于《联合报》要闻版《名人堂》专栏上。而《我看梵高的经济算盘》，则是后来自己认为应该补写的一篇文章，曾于二○一六年五月刊登于《深圳商报》文化副刊《万象》我的《荷兰闲园》专栏里。

梵高之为梵高，他成长中接受的教育与自学、他面对爱情的执着疯狂、他自负的艺术鉴赏能力、他的穷困潦倒等，都触动我去思考前因后果。笔记走过梵高足迹的种种，加上四篇我看梵高的省思文章，似乎才能较完整地突出我心目中这位艺术大师不朽的立体风貌。

希望这本书，提供给读者的不仅是一种深度艺术旅行的信息，更能刺激、引发出读者"阅读旅游"或"亲身探访"的共鸣，甚或挑起其他的意见和看法吧。

《踏寻梵高的足迹》的出版，我自认为意义不同于一般梵高的传记和评述，有了另外的切入点，增加了新的观察面与内容。

因缘巧合吧！与荷兰这个国家的缘分，梵高与我虽然生存在不同的时代，彼此之间竟紧密地连接了起来。

英国

伦敦
（London）

艾尔沃斯
（Isleworth）

拉姆斯盖特
（Ramsgate）

阿姆斯特丹（Amsterdam）

新阿姆斯特丹
（Nieuw-Amsterdam）

海牙（Den Haag）
多德雷赫特（Dordrecht）
泽芬贝亨（Zevenbergen）

荷兰

埃滕
（Etten-Leur）

津德尔特
（Zundert）

安特卫普
（Antwerp）

布鲁塞尔
（Brussels）

比利时

瓦姆
（Wasmes）

奎姆
（Cuesmes）

奥维（Auves-sur-Oise）

巴黎（Paris）

提耳堡
（Tilburg）

纽伦
（Nuenen）

海尔福伊特
（Helvoirt）

霍赫芬
（Hoogeveen）

法国

阿尔勒
（Arles）

圣雷米
（St. Rémy）

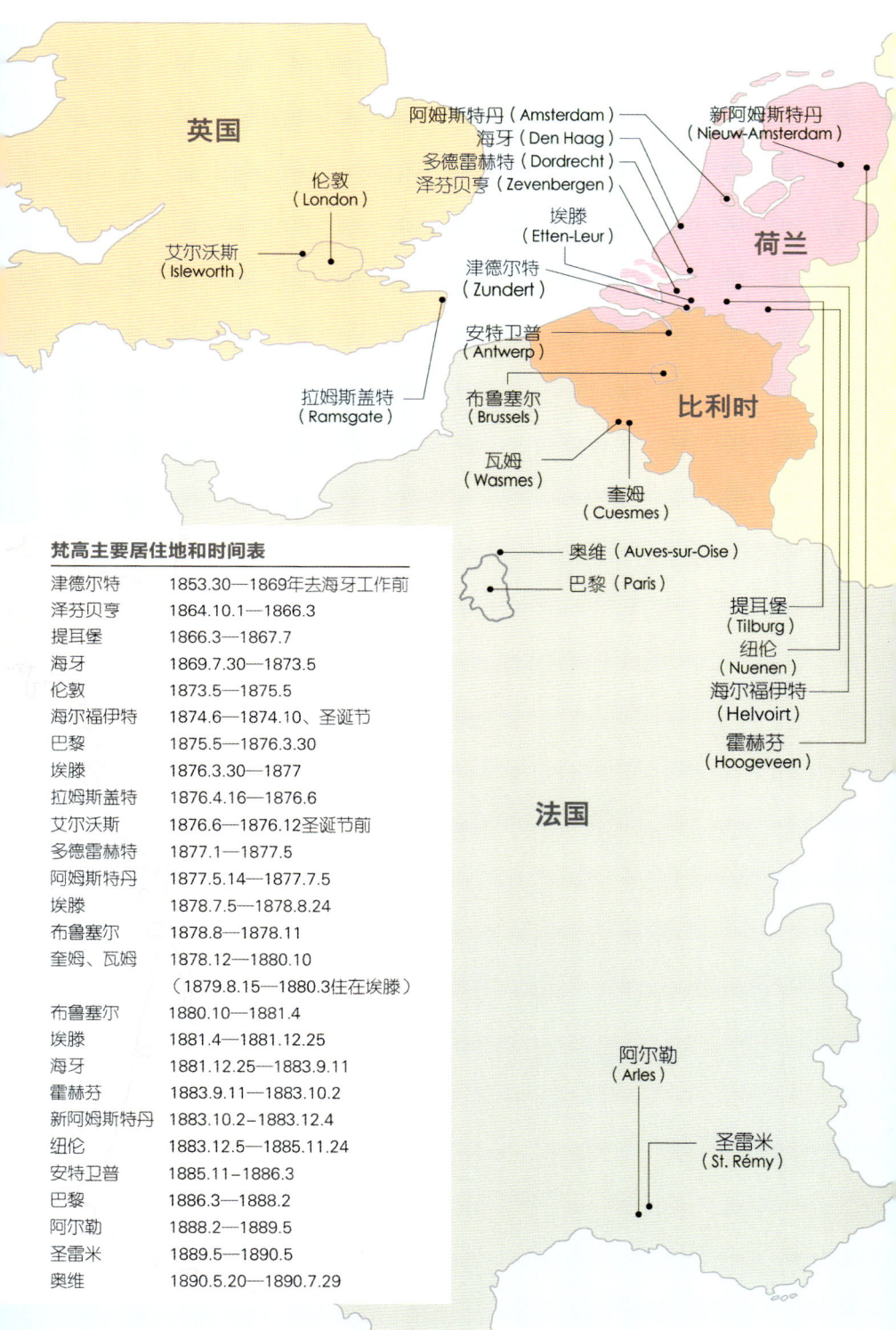

梵高主要居住地和时间表

津德尔特	1853.30—1869年去海牙工作前
泽芬贝亨	1864.10.1—1866.3
提耳堡	1866.3—1867.7
海牙	1869.7.30—1873.5
伦敦	1873.5—1875.5
海尔福伊特	1874.6—1874.10、圣诞节
巴黎	1875.5—1876.3.30
埃滕	1876.3.30—1877
拉姆斯盖特	1876.4.16—1876.6
艾尔沃斯	1876.6—1876.12圣诞节前
多德雷赫特	1877.1—1877.5
阿姆斯特丹	1877.5.14—1877.7.5
埃滕	1878.7.5—1878.8.24
布鲁塞尔	1878.8—1878.11
奎姆、瓦姆	1878.12—1880.10
	（1879.8.15—1880.3住在埃滕）
布鲁塞尔	1880.10—1881.4
埃滕	1881.4—1881.12.25
海牙	1881.12.25—1883.9.11
霍赫芬	1883.9.11—1883.10.2
新阿姆斯特丹	1883.10.2–1883.12.4
纽伦	1883.12.5—1885.11.24
安特卫普	1885.11–1886.3
巴黎	1886.3—1888.2
阿尔勒	1888.2—1889.5
圣雷米	1889.5—1890.5
奥维	1890.5.20—1890.7.29

PART ONE

辑 一

踏寻梵高的足迹

津德尔特（Zundert）

　　十九世纪五十年代，法国进行巴黎城市彻底改造工程计划，开启巴黎时髦优雅的风采。在西方：首届世界博览会在英国伦敦举行；英国建成水晶宫，是为现代建筑的先驱工程之一；法国科学家傅科用摆的实验证明了地球自转；一八五一年，拿破仑的侄子路易·拿破仑·波拿巴在法国发动政变成功，旋即修改宪法，延长总统任期十年，次年底自封拿破仑三世，登基称帝。在东方：中国正是清朝文宗皇帝在位的咸丰元年，一八五一年一月洪秀全领导的上帝会在广西桂平金田村起义，建号"太平天国"，下南京建都；清廷命曾国藩帮办湖南团练；清军建江南大营和江北大营，从此引发一八五一年至一八六四年与清朝敌对的"太平天国"岁月。但这也是中国积极输入各种西学第二期的肇始。

◇ 津德尔特梵高中心

◇ 津德尔特梵高故居纪念碑（左）和津德尔特政府大楼（右）

中国太平天国与清朝的战乱，没有引起一般西方人的关注，他们在意的是法国的政变，拿破仑王朝的复苏。何况，他们正沉浸在科学实验发展和现代建筑创造新奇的喜悦中。

一八五三年，文森特·梵高出生在荷兰津德尔特小镇的一个牧师家庭里，是荷兰新教牧师西奥多勒斯·梵高和妻子安娜·科妮莉娅·卡本特斯的长子。

谁都不会料到，这个婴儿，远在二十世纪后能在人类艺术史上造成轰动与重要影响，成为知名度最大、最普遍的艺术家。如今，他留下的画作，价格是天价。荷兰首都阿姆斯特丹建有梵高美术馆，是观光客必游的胜地之一。他生前的书信、他的画册、有关他的传记和研究论文，各种文字比比皆是。

◇ 津德尔特梵高故居（下），以及提示梵高故居的海报（上左）、门牌号（上右）

一九九○年后，我便长居荷兰，但直至二○○五年八月五日，唐效才开车带我，圆了拜访梵高出生地津德尔特镇的心愿。

其实从住家到津德尔特镇并不远，开车一个多小时即可到达。只要是周末假期，随时都可到这个小镇转一圈。我却在住到荷兰十五年之后，方才来到这里。也许正因为太容易来到，没有了紧迫感，便有所谓无所谓地拖延着了。

说来也是巧合。我去家庭医生迪克特斯处看病。一如往常，握完手，进入正题说病情前，这位帅气、幽默的家庭医生，总会和我闲话，聊几句家常，说个冷笑话。这次讲到绘画，提及梵高。

"知道梵高在哪里出生？"迪克特斯医生问。

这么简单的问题，哪能考得倒我？我立即脱口回答："津德尔特。"

他赞许地点头："你知道津德尔特出了几位名人？"紧接着考我。

这下，我可傻了。除了梵高，还真不知津德尔特出过什么其他名人。

我的家庭医生这下得意了，微笑着宣布谜底："梵高和你的家庭医生。"

"什么？你生在津德尔特？"我有些惊奇，有点怀疑他在开玩笑。

他正经点头道："是的，我是津德尔特人。虽不是出生在梵高家那幢房子里，但在同一条街上，离得很近。"

津德尔特的"两位名人"，一位照顾我的身体健康，一位影响我的精神生活。两位都与我的生活关系密切，这才有了走访津德尔特的积极行动。探访中不仅多了一份感情，也增加了趣味。

津德尔特镇正如其他荷兰小镇，清清幽幽。来到地方政府大楼前的红砖广场，区政府的白色大建筑物，方正庄严地矗立，隔着广场、一条大马路与一排衔接的砖房相对。政府大楼正前方的屋宇——呈山形屋顶装饰的一幢褐赭色砖房，竖立着一根高耸的旗杆，旗帜在空中展开。大幅的旗帜印刷着梵高戴草帽自画像，写着"这儿曾是文森特·梵高家的房子"。细看大门旁边，砖墙上镶了一块水泥板，雕饰着一只鸟站立于柔软的草叶上，记录：一八五三年三月三十日，梵高诞生于此。

荷兰各城镇到处可见的一幢普通坚实的砖房，因为水泥板上的几个字，这幢房屋立刻显得意义非凡。

梵高去世前，居住在法国小城奥维，从他租赁的房间窗户望出去，也是隔条马路面对着广场，广场后即市政厅。

生与死的环境，居然会有如此不可思议的巧合？！当梵高在奥维的小房间凭窗凝望，举起画笔画下该地市政厅的画幅时，是否曾回忆起童年的家，而泛起温馨的微笑？

从梵高出生房子前面的马路，往上直走不过百来米，与他家同一侧有一个小广场，被命名为"梵高广场"。广场中央搭建起一个略为高起的平台，上面放置一座细长的雕像：两个身穿西装外套的男子相拥而立，脸贴着脸，手执着手，足并着足。这个直截了当表现兄弟之情的当代雕塑，是津德尔特镇为纪念文森特·梵高与西奥·梵高①，交由艺术家奥西普·扎德金（Ossip Zadkin）所制成的作品。从雕塑侧面望向后方，背景的深绿树荫下，是一座在暗影中浮现的

---

① 西奥·梵高（Theo van Gogh）：荷兰人，巴黎的画商，著名画家文森特·梵高的弟弟。

宁静肃穆的小教堂。

  教堂外低矮的围栏上了锁，无法进入教堂巡礼，我便沿着围篱绕看，已具年代、孤独直立的小教堂外表砖墙、四周高擎而枝叶浓密的大树与墓园，追怀梵高。

  当年梵高父亲在此侍奉上帝，这里也是幼年梵高除了家教之外，接受宗教熏陶最重要的场所。梵高的悲天悯人与宗教情怀，就是在这儿孕育出来的了。

  开着车，唐效与我把津德尔特镇的大街小巷全部游逛一番，连偏远一点的木造风车[①]，也去观览了一番，一张巨大、木质有些朽坏

---

① 木造风车（De Akkermolen）：荷兰 46 座木结构风车之一。

的早年风车叶片，静置在修复好的风车旁边，供人凭吊臆想。

不像近年中国的快速发展，城市乡镇大兴土木，大多较久远的历史印痕都被毫不吝惜地抹去，小镇虽因年代变迁，盖了许多新建筑，但由于荷兰人对于人文历史环境的尊重和保护，仍能在夹杂的古老屋宇与存留的砖石街道中，轻而易举地捡拾起过往的岁月。梵高兄弟以及他们的玩伴，曾在这些地方穿梭玩耍的情景，在相隔一百多年之后，我还能身临其境浮想联翩，何其幸运。

一八六〇年，梵高进入出生地津德尔特的乡村小学就读，全校约两百个学生，仅有一名教师。梵高父母对此小学的教育不满意，他们发现儿子和农家的男孩子混在一块儿，言行举止受到影响变得粗鄙。因此一八六一年开始，梵高和妹妹安娜不再上学，父母特别延请了一位家庭教师，专门教导两个学龄期的小孩，直至一八六四年九月。

在儿童时代的故乡，一八六二年，九岁的梵高画出了最早的素描，他用铅笔画桥、搅牛奶的桶还有狗。一八六三年，画了蓟菊、柱头、一小束花。纯粹是小孩子涂鸦，何况梵高也没有表现出对画图的特别热情，谁会料到这孩子长大之后，几经生活的历练、工作跑道的转换，竟会走上从事作画的艺术工作，而且戏剧性地在他去世后，成为世界级的艺术大师，传颂至今。

一八六四年至一八六九年，梵高先赴泽芬贝亨镇，再到提耳堡市住读，但每逢假期则返回津德尔特家中。假期，他与妹妹安娜帮扬·多门做园艺，也帮扬·凡·阿特森放羊，赶着山羊沿树篱、小径到处游荡。他常常被家中的女仆米安巧·洪考普惩罚，在她眼中梵高总是不安分，行为古怪。

梵高童年即对阅读怀有强烈的热情，学习了多种语言，包括法语、英语和德语。这段时日，远在东方的中国，也开始了西式教育，有了英文的教学。在津德尔特，在父母注重教育的培养下，小梵高平顺地度过了童年与少年。

虽然只用很短的时间走了一遭津德尔特，却因多年居住荷兰，了解荷兰人的文化习俗，我已经从朴实宁静的小镇感受到了梵高的成长。

津德尔特，一个属于荷兰北布拉邦省的小乡镇。我长年居住的考克区也隶属同一省份，我早已深深领会北布拉邦省人性情的温暖，小地方人与人互助的亲密，以及对于宗教的虔敬。

梵高在法国圣雷米疗养期间，画了不少追想北布拉邦省的图画，金光灿美、风景宜人，他的心情我懂。

一八六九年，十六岁的少年梵高，离开出生地津德尔特之后，再没回来过。但津德尔特永远存留在他的记忆深处。

他曾写道："哦！津德尔特，有时回想起来，非常清晰强烈。"也叙述道："我在画布上努力创作，正如津德尔特人，在他们的农田里辛勤工作。"故乡大自然的美丽，一直鲜明地印在他的脑海中：太阳在树林后方转变成红色，沼泽地上反射着黄昏的气味，荒野与黄色、白色、灰色的砂土，充满了色调和气氛。这种生活中短暂少许的一瞥，让我们的心中获得平静。我们的生命似乎朝这样的荒野走去，但并非经常如此。

津德尔特之行，虽没能探看梵高曾经礼拜过的小教堂内部，心中并不觉太遗憾。

猜想自己亦如梵高的离去，不会再次刻意前来津德尔特抚今追昔，但小镇的景象却将常驻心底。

泽芬贝亨 (Zevenbergen)，提耳堡 (Tilburg)

二○○九年一月三十一日，唐效陪我做了另一次的"长征"。

二月二日（星期二）唐效在法国巴黎南面约一百公里处有公事；因为不久前，我几经努力找到梵高就读学校所在处的信息，还找到他在巴黎留下痕迹的一些新信息，于是唐效决定二月一日请一天假，连同前面的周末，陪我做一次"梵高足迹补充之旅"。顺路游走：荷兰提耳堡、埃滕、泽芬贝亨，过比利时的安特卫普、布鲁塞尔，再赴法国巴黎。其实巴黎、安特卫普我游过许多回，在布鲁塞尔则居住过两年，但对于梵高在这几个城市的足迹，仍有些漏失，正好

◇ 进入泽芬贝亨的第一印象

借这次旅行填补上，并添拍一些照片。

一月三十一日，老天爷很赏脸，气温虽接近零摄氏度，却展现了美丽的蓝天与太阳。

泽芬贝亨与提耳堡是梵高年幼时求学的地方。

泽芬贝亨

◇ 泽芬贝亨教堂

一八六四年十月一日，对培育小孩有高度期待的父母，用心良苦，把十一岁的梵高送至泽芬贝亨镇，离津德尔特家北边约二十公里，进入扬·普罗维利开办的寄宿学校，读了近两年的书。

一八六四年九月二十八日，国际工人协会①在伦敦成立。十月，中俄签订《中俄勘分西北界约记》。此外，这一年，中国太平天国首都天京失陷，太平天国起义失败。英国 J.C. 麦克斯维提出电磁场的基本方程组，预测光是一种电磁波，替光的电磁理论定下基础。挪威 C.M. 古尔德贝格与 P. 瓦格提出质量作用定律。一八六五年，中亚浩罕汗国阿古柏侵入喀什，占据南疆。李鸿章奏设江南制造总局于上海。李鸿章将苏州炮局移南京，建立金陵制造局。汇丰银行

---

① 国际工人协会，即第一国际，是 1864 年建立的国际工人联合组织。

◇ 泽芬贝亨火车站街梵高寄宿学校（下），以及学校大门（上左）、纪念牌（上右）

在中国上海成立分行。一八六一年开始的美国南北战争，于这年结束。德国 R. 克劳修斯提出熵概念。比利时 E. 索尔维耶建立的世界第一个索尔维法（氨碱法）纯碱厂投产。英国在因佛斯首次修筑水泥混凝土路面。奥地利 G.J. 门德尔宣读并于次年发表论文《植物杂交的试验》，提出两个遗传规律，被称为遗传学的"门德尔定律"。

学生梵高在寄宿学校里，知道这些时局的变化吗？

泽芬贝亨镇是个古镇，街道狭窄，至今依然保留着具有年代岁月的小石块道路。小镇位于有点坡度的地方，经过一些古意盎然的建筑和树木，从僻静的小火车站前行过，汽车往上爬坡，很快抵达坡顶的教堂。教堂等于一个圆心点，四周散射出几条从上斜下的道路，火车站街（Stationsstraat）正属其中一条。梵高读书的寄宿学校，校址即火车站街十六号。

这是一幢白色的两层建筑物，夹在鳞次栉比的房宅之中，与街道对面的房子大约仅四米之遥吧！外观：大门位于正中央，位置比马路高约一米，铺设石阶直通门前；大门左右各有两扇大窗；二楼在大门正上方有扇门及一个略为突出的法式小阳台，阳台左右亦各有两扇大窗，分别与楼下窗户对映。一望可知，这建筑两层楼都挑了高，每一层地面与天花板的距离大概四米。

大门门铃上注明：请勿打扰。左墙两扇长形大窗中间的墙壁上，悬挂着一块黑色大理石板，上面镂刻着"住址／文森特·梵高／1864—1866"，证明了梵高的曾经。

这幢宅第不小，也不特别巨大，猜想作为寄宿学校，最多也就

◇ 提耳堡码头

容纳十多个学生吧！

    梵高长大后回忆，当他得离家去寄宿学校时，心中充满了烦恼不安。进了这幢建筑，意味着一种监禁，虽然因此打下了法语、德语和英语的深厚基础，但行动被捆绑，环看四周，除了教堂与密集的房舍，没有一丝让孩童心灵自由解放的自然空间。

    一些六十岁以上的荷兰友人曾告诉我，他们上中小学时，上课规定：学生必须将双手交叉于胸前，以防课堂中间学生作怪。五六十年前，荷兰教育还如此严厉，何况上溯至梵高求学的时代。

    仰望这幢宅第，我完全可以体会，自小已埋藏不愿受拘束性格的孩童——梵高当年的心境。

◇ 提耳堡古塔

提耳堡

一八六六年三月至一八六七年七月，梵高被父母送去离津德尔特家东北边约二十五公里的大城提耳堡，进入国立高级市立中学——威廉二世学院就读。

汽车进入提耳堡市，马上感受到了一个衰败工业城市的氛围。眼过处，大多是残破的建筑物，港口也冷落清淡，在冬日里更显萧瑟。

一八六六年，左宗棠在福州马尾设福州船政局。中国最早的私营机器制造厂——发昌机器厂设于上海。美国铺设第一条大西洋海底电缆。德国 E.H. 海克尔创生态学概念。第一次"人类学与史前考古学国际会议"在瑞士召开。

◇ 提耳堡中心老城区

提耳堡名称始自公元七○九年，十五世纪扬·凡·胡埃史特列克特建一巍峨古堡，可惜一八五八年毁去，改建成工厂。十六世纪，提耳堡已成为北布拉邦省的羊毛集散中心。十八世纪中叶，发展成为荷兰纺织业中心，欣欣向荣，城市富裕。十九世纪中叶，荷兰国王威廉二世说，他在提耳堡有种自由、愉悦的感觉，特别选择在这个城市修建王宫。二十世纪，随着纺织工业在西方的逐渐没落，提耳堡也沉寂了下去。

一八六六年初春，梵高来到提耳堡就读，与汉尼克一家人暂住一起。从巴黎学成回来的教师康斯坦泰·郝斯曼，提倡分科教学；有人认为，他是当时荷兰最好的一位教师。

在学校里，康斯坦泰指导梵高学习素描，这应该是梵高接触正规绘画的启蒙。只是梵高没表现出对绘画的兴趣，他的老师及他本人，想不到有一天他会成为绘画界的奇才，留名千古。同时，当他停留在提耳堡这座纺织城市 ① 期间，年少的他，只觉得这样的城市无趣，岂会料到有朝一日，纺织工人会在他的绘画生命里占据重要的一页——他透过画笔，为纺织工人生活的清贫艰辛，留下了历史见证。回看这样的生命轨迹，梵高停留提耳堡一年四个月的短暂时日，似乎是命中注定。

现今提耳堡市中心，现代化高大建筑林立，交通要道、广场、政府中心、老教堂、年代较久远的商业街，结合连贯在一起。寒风中，我独立于宽阔的城市广场，视线从耸立的威廉二世纪念方尖碑穿过水

---

① 全城共有 125 家纺织工厂。

池，望向线条简洁的白色王宫建筑。王宫与提耳堡市政府的现代方块形褐色建筑物，衔接成倒 L 形，王宫成了市政府延伸出去的一部分。

梵高在提耳堡读书之际，威廉二世的王宫已更改用途，成为威廉二世学院。梵高便在这幢美丽的白色王宫建筑中就读，学习不同国家的语言、数学、科学、历史等，以及素描。

从广场绕看王宫之后，我走过市政厅旁的圣·迪欧尼休斯教堂（St. Dionysiuskerk），教堂建于一八二六年至一八二九年。十三四岁的梵高，透过学校建筑的细长玻璃窗，可以看见教堂的形貌，以及教堂旁的屋舍。

提耳堡市中心，纵然建设与规划有致，但在我看来，市容总带着强弩之末，硬撑出场面的有气无力。许久，好不容易走过一个路人，没精打采地打个照面，过去了。记起十年前，与一批荷兰艺术家前来提耳堡，参观庞特美术馆（De Pont Museum）。

一九八八年，商人 J.H. 德·庞特（1915—1987）的后人，以其名字成立基金会，推动现代视觉艺术。基金会聘请建筑师本特姆·克劳威尔为庞特美术馆的设计师，将原先的羊毛纺织厂，进行改建整修，务使空间能让现代视觉艺术在其中做最好的呈现。一九九二年，庞特美术馆开幕，名字便来自商人 J.H. 德·庞特。

当日，除了我们一批十来个人，其他参观者，就那么寥寥三四人。虽然展示的有些好作品，但美术馆面积非常大，看到最后全没劲了，也无心再深入探讨艺术与其他。出了美术馆，大伙儿便决定逃离提耳堡。

就在我踏寻梵高足迹与回忆过去拜访美术馆的情形时，城市晴朗的天空逐渐变成灰色，然后落下了雨滴。趁大雨前，赶紧跨进汽车，挥别提耳堡，再一次逃离。

梵高结束提耳堡的学习，也就暂时告别了他的学校生活。

梵高自己总结："我的童年是沮丧、无趣与贫乏。"

唉！看来，泽芬贝亨与提耳堡寄宿学习的教育，对梵高而言，无异于一段刑期。远离荷兰后的岁月，梵高每每述及童年往事，常会怀念出生地津德尔特，却不提及泽芬贝亨与提耳堡——多么乏善可陈啊！

海牙（Den Haag）

海牙，年轻梵高在此进入了职场，学习成为一位艺术经纪人。

海牙，梵高在这里接受安东·莫夫的鼓励，开始绘画水彩与油画。

海牙，曾两度单恋的梵高，与妓女克拉希纳·玛利亚·荷尼克，简称欣相识，而后同居。

两段海牙时期，时间虽然不长，对梵高而言，都是生命中重要的分水岭。

一八六九年七月三十日，梵高正式进入海牙古伯画廊做见习职员，一八七三年五月调往伦敦古伯画廊工作。

同是一八六九年，印象派画家开始在巴黎巴提诺区的格博咖啡屋聚会。一八七〇年，普法战争爆发。法兰西第三共和国成立，拿破仑三世下台。俄国成立巡回展览画派，代表人物：I.W. 克拉姆斯科伊、I.E. 列宾、V.I. 苏里科夫等。一八七一年，巴黎无产阶级起义，成立巴黎公社，法国诗人鲍狄埃创作出了《国际歌》歌词。英国 J.W.S. 瑞利提出散射理论，说明天空呈蓝色的原因。一八七二年，容闳率三十位中国第一批留学生赴美。

梵高工作四年的海牙古伯画廊，位于广场二十号（Plein nr. 20）。

哪个"广场"？汽车抵达目的地，我失笑了，能够直接名叫 Het Plein（中文直译"广场"的），当然是鼎鼎有名的荷兰国会旁边广场。除去宏伟的国会，莫里斯宅邸美术馆亦毗邻而立，著名绘画大师维梅尔的《戴珍珠耳环的女孩》《德夫特风光》和林布兰特

◇ 海牙广场与荷兰国王威廉一世的纪念雕像

的《解剖课》等名画均收藏于此。

广场中心荷兰国王威廉一世的雕像英武挺立。看见一撮人撑着雨伞聚集在广场上，几个警察倚在建筑物墙边，轻松聊天。聆听汽车收音机报道，原来是抗议荷兰史基甫机场税太高，致使搭飞机人口大量流失至比利时、德国，影响荷兰经济。政府辩称，高机场税政策，就是为减少旅行人次，加强环保。人们质疑，失业人口增加、经济衰退，这样的环保有意义吗？何况数据显示，飘散在空中的废气，对环境并不造成什么损害。

广场二十号与国会隔着广场相对。现在店面是一家名为"海牙人之室"（De Haagsche Kluis）的咖啡厅兼餐厅，楼上两层及阁

◇ 海牙广场二十号古伯画廊原址

楼，分别被十多家公司租用，作为办公室。大门上半圆弧形的红色遮阳布上，印着 Plein nr.20 字样。

看不到任何与梵高相关的印记，也没有古伯画廊的蛛丝马迹。只有古老的建筑物本身，沉默地反刍往事与过去人物的点点滴滴。

十六岁离家在海牙工作至十九岁的梵高，在动物市场长街（de Lange Beestenmarkt）二十四号租了一个房间，与罗斯一家人同住。

动物市场长街是一条老街。一六四七年，建成的纪念建筑"妇女之家"（Hof van Vrouw）——专门收容单身及需要保护的女性，占据街上很长一段位置，极其醒目。就在"妇女之家"门口正对面，我找到了二十二号，接连的房子门牌号却突然跳到五十四号。怎么会少去许多门牌号？而且偏偏包括我寻找的号码。

仔细再瞧，原来二十二号与五十四号中间有一道类似汽车道的拱门，前面铁门紧锁，铁门内似乎另有洞天。低头细看，铁门右下方镶嵌了十五个信箱，标明门牌二十四至五十二号。二十四号果真躲在里面。

尝试开门不成，怏怏然把手伸过铁门栏杆的空隙，聊胜于无地拍下一张廊道照片存留纪念。正按快门，浑厚的男声自背后响起："你这是做什么？"

回头一瞧，是位清秀和气的年轻男子。我笑道："画家梵高曾在这里住过，对不对？"

"没错！"他点头，也含着笑意。见他取出钥匙来开铁门，忙问："可以进去看一眼吗？"

"当然可以。"男子答得干脆。"可是我进去，会不会打不开

◇ 海牙动物市场长街梵高故居（在建筑底端最后一扇门）的巷道（左）
◇ 海牙梵高故居通向动物市场长街的门道的巷道（右）

门出来？"我小心地求证。

"是啊！防止小孩随便进出，门禁措施的确很严格。这样吧！你速度快些，我在门口等你。"他好意帮忙，我急急冲过门廊。

五十米长的门道内，左手边一间两层民宅墙面，涂着土黄色的油漆，简单朴实，墙上有几处补洞。褐色木门左上角，墙上钉着二十四号门牌。再右转走几步，看见其他人家深藏在里面，有些像台湾小巷中的违章建筑，挺有趣的。

二十四号，正是梵高住处。门号下有个牌子，一看，非纪念标记，而是一家媒体公司名。这时，为我守门的男士走过来，打开了二十四号房门。

"你住这里？"我惊喜地问道。

◇ 海牙动物市场长街二十四号在此绿色铁门内

"在这儿工作。"他笑笑，把房门关上。

我返回铁门旁，发现男子心细地将大门留出一条小缝。我闪出门，重新将门扣好，离开了动物市场长街。

绕到海牙火车站背面，转至史亨克路（Schenkweg）。由于位于城市背后，似乎与城市的热闹、繁华与壮美，产生了距离，穿过城市的铁轨，便是造成这种距离的界线。梵高的画作曾记录了海牙火车站与铁路。

史亨克路呈马蹄状，我顺着双数号从头到尾走了一圈，从二号走到一百三十二号，号数就断了。二号与一百三十二号间打通了一条夏洛特·德·布尔彭街（Chartte de Bourbonstraat），凹陷进去，形成另一片新兴整齐的住宅区。为了新住宅区的诞生，史亨克路一百三十六、一百三十八号被牺牲了。幸亏梵高画过屋后景致的素描，可以依循怀想当年生活气息浓厚的人家小院。

一八八一年八月二十三至二十六日，梵高从埃滕搭火车到海牙，拜访表姐夫——画家安东·莫夫（Anton Mauve），请他指点素描，并表示希望住到海牙跟他习画，获得同意。此次，他还参观了海牙派大师梅斯达赫的全景画，很受震撼和激励。

十一月二十七日至十二月四日，梵高待在莫夫表姐夫家请益。莫夫鼓励他，尽早从事油画与水彩的练习。在莫夫的指导下，他首次接触了水彩。

十二月二十五日圣诞节，与父亲激烈争吵后，梵高收拾行李，

◇ 海牙史亨克路铁轨后面，现在是一片新建筑

◇ 梵高1882年素描海牙火车站月台

永远离开了埃滕，再度走进海牙。

一八八二年，德国W.T.普莱尔出版《儿童心理学》，为"发展心理学"的滥觞。

一八八二年一月，梵高住进了位于史亨克路一百三十八号——一间小小的工作室。由于对绘画前途的憧憬，再小的空间对他而言都是无穷大，他的身心完全自由飞翔了起来。

一月中下旬，他遇见了欣——一个既养育着五岁女儿，又怀有身孕的妓女。梵高伸出同情之手，开始了一段不受亲友祝福的同居关系。六月，他从市政府得到身为梅毒患者的通知。这时，欣也产下了婴儿。

七月，梵高与欣搬到了隔壁史亨克路一百三十六号，拥有了较大空间的画室。在这间画室里，梵高先画了不少水彩画；八月间，他尝试了第一幅油画。这段时日，欣与她的孩子，是梵高习画的重要模特儿。

梵高很喜欢海牙郊区的海边斯海弗宁恩（Scheveningen）。八月，他曾前往这里，以油画颜料画下海景。斯海弗宁恩原是个小渔村，延绵的白色沙滩，北海咸湿的空气与海水，深深抓住了梵高的心，激发出他绘画的笔触与色感。

如今，海牙不断扩展，早已与斯海弗宁恩连接起来。与梵高一样，我也喜爱斯海弗宁恩的沙滩及海水。但不同于梵高时代的小渔村，现今它是个发展、规划得很好的海水浴场。夏天，它有人潮拥挤的热闹喜气，可以放肆地欣赏人体的健美；冬天，鲜少游人，它逦迤一种冷冽的孤独与海天灰蒙的美感，足以让浮动的心思沉静。

十一月，梵高学习创作石版画，完成六幅作品。

在海牙期间，梵高的伯父柯奈留斯·莫瑞纽斯·梵高——简称柯尔——在阿姆斯特丹开了一家大画具店，来到海牙。伯父看见梵高的素描很喜欢，为鼓励他做专业艺术家，向他订购了十二幅素描。依据史料记载，事后伯父认为梵高完成的素描作品不够好，要求他重画。因此，梵高并没有赚到这笔钱。

梵高在海牙跟莫夫学习了许多绘画技巧。最初莫夫认为梵高具有天分，后来因不满梵高的私生活及偏激的行径而与他分道扬镳。

在海牙，梵高靠着西奥经济上的支持，极少的钱要买颜料、画笔，还要生活，更得省出来与欣一起度日。梵高对精神的欲求很高，对物质的需求却很低。他可以过流浪汉一般的穷困生活，只求拥有人的尊严、悲悯与艺术的执着。自始至终在背后支持他的最大力量，

◇《斯海弗宁恩的海边》　水彩　27cm×45cm　1882

就是弟弟西奥。梵高曾经考虑要与欣结婚，艺术界朋友们规劝西奥，必须卡住对梵高的经济援助，否则梵高与欣结婚，西奥的经济负担将会变得非常沉重。

　　一八八三年九月，梵高在海牙习画的环境越来越不顺心，加上经济问题无法解决，最终决定与欣断绝关系。

　　他选择离开海牙，前去德伦特省（Drenthe）的霍赫芬作画，为追求艺术，再一次放逐自己。

伦敦（London）

伦敦城里开车不易，柯来福与薛蓉把我们送上里士满开往伦敦的火车，递给我们两张从网上打印下来的地图与一本详细的伦敦区地图，以备万一。

搭乘往滑铁卢（Waterloo）方向的火车，在沃克斯霍尔站（Vauxhall）下车，唐效与我决定走路寻找梵高的两处故居。数据记载：一在肯宁顿区（Kennington），一在布里克斯顿（Brixton）。研究过后发现，资料提及的位于布里克斯顿的地址，其实应属斯托克韦尔区（Stockwell）。

◇ 伦敦布里克斯顿路上的教堂

顺着火车站前的大马路向前走数百米，时值正午，找了一家鱼店点了一份英国有名的"鱼和薯条"。不少人笑英国没什么特色食物，仅有乡土风情的"鱼和薯条"。鱼排裹粉油炸加上炸薯条，即"鱼和薯条"。"鱼和薯条"的质地、新鲜度、调味与油炸的时间，决定了食物的味道。这份餐食既可以做得极为鲜美，也可以做得腥膻难咽。运气不错，我们吃到了美味的"鱼和薯条"，分量很多，两人分食一份解决了午餐。

虽然我们正在肯宁顿区，但研究地图之后，决定走访梵高故居总路线，先去斯托克韦尔区，再折返肯宁顿区，继续顺路走去离得不算远的伦敦桥。

公元一世纪，不列颠岛已被列入罗马帝国的属地，伦敦从那个时代发展起来。公元五世纪中期，盎格鲁-撒克逊人联合入侵，破坏罗马文明，公元六世纪末成立七大王国，公元九世纪初合并为英格兰王国。随着英国的建国与兴衰变革，伦敦一直是个十里洋场的大都会，除了保留傲世的历史与遗迹，还不断地发展创新，把盎然古意与蓬勃朝气结合得恰到好处，整个城市的人文因而展现极度迷人的风华。

寻找梵高的伦敦故居，穿街走巷经过的主要是住宅区，安静有序。沿途除了多烟囱的标准英国形式建筑，倒没有什么特别吸引人的。走着走着突然看见，对街一幢独立雄伟的红砖建筑有点意思，举起相机拍摄几张照片。再行五十米，跨街走进了肯宁顿公园。

喜欢伦敦的公园，草坪、大树，总流动着抚慰心灵的空气。也许是海洋性气候的关系，伦敦的春天来得较早，紫色的龙胆花、黄色的水仙花，从草地里钻出来，开满一片。在荷兰度过几星期阴霾的天气，来这里见到阳光，心情尤其舒畅。

穿过公园，走上布里克斯顿路，右转卡尔德威尔街，再左转来到哈克福德路（Hackford Road）。这两条街，几乎五分之三的房子都插着"吉屋出售"的牌子，金融危机在此呈现了令人触目惊心的景象。伦敦八百万人口，其中一百多万人从事金融行业，二〇〇八年美国爆发次贷危机，随后雷曼兄弟破产，金融泡沫引发了全球

◇ 伦敦哈克福德路梵高故居（下）及纪念牌（上）

性的经济危机，伦敦自然大受波及。这一带距离金融中心不远，不少金融业者选择居住于此。售屋的招牌，让人看得心痛心酸，后代子孙读到这段历史，将以何种眼光来批判我们这个时代？

从卡尔德威尔街转哈克福德路后，单数门牌的房子挨家挨户衔接至希尔雅德路，最底的一幢房子为八十七号，门面涂上乳白色油漆的三层楼平顶砖房，油漆已现斑驳。大门右边墙上钉了个蓝色牌子："画家文森特·梵高（1853—1890）于一八七三年至一八七四年居住于此。"很普通的一幢民宅。

十六岁进海牙古伯画廊，工作四年之后，表现优异的二十岁的梵高，被调迁伦敦古伯画廊任职。一八七三年五月初赴伦敦，梵高居住何处？无史料可查。八月，他租下尤瑟拉·罗叶太太的房子，搬进哈克福德路八十七号，与寡居的罗叶太太以及她的女儿尤金妮同住。

尤金妮年方十九，活泼可爱，梵高很快被吸引，尽量接近讨好她，落入想象的初恋里，充满了幸福。没想到尤金妮已经订婚，他的爱情遭受残酷的拒绝。梵高一厢情愿，希望能感动尤金妮，可惜没能如愿。情窦初开的青年大受打击，生活顿失重心，失魂落魄，无法努力认真工作。

一八七四年八月，尤金妮厌烦梵高的穷追不舍，罗叶母女强迫他搬家，斩断情丝。梵高无可奈何，只好离开哈克福德路八十七号。

一九八六年，唐效与我在伦敦相识，四年之后在荷兰结婚定居，日子过得开开心心。同样发生于伦敦的恋情，有不幸如梵高，有幸运如我。人的命运也因此有不平凡与平凡之分——不平凡的梵高、

◇ 伦敦波柔市场旁有许多酒吧

平凡的我。

　　哈克福德路八十七号，现在不知居住何人，但猜想也是个对梵高无心的人家；透过窗户玻璃，在垂落的白色窗纱前，我注意到窗台上放置了一捧俗艳的橘红与粉红色塑料盆花。

　　离开哈克福德路，转一圈又回到肯宁顿公园旁。公园边的教堂空地恰是周末"农夫市场"，拐进去参观，蔬菜水果形状不美，看得出是农夫不加化肥栽种出的蔬果。另有鸡蛋、自制的奶酪、果酱、香肠，还有自家烘焙的蛋糕与面包。可惜带不回荷兰。

　　沿肯宁顿公园走一段，拐进肯宁顿路，竟是我们原来走过的路。

◇ 伦敦泰晤士河畔的船锚酒吧

再仔细核对门牌号，梵高搬家的肯宁顿路三百九十五号——艾维小屋（Ivy Cottage），已不存在。三百八十一号与四百〇五号中间耸立着的巨屋，正是先前打动我心，特意拍照的雄伟红砖建筑。何等奇妙、巧合！

艾维小屋等一串房子被拆除，一八九七年建立"肯宁顿路小学"，一九〇〇年扩大为今日所见规模。电影默片时代，伟大的喜剧演员查理·卓别林，曾在肯宁顿路小学读过书。

肯宁顿路与哈克福德路不远，散步大约二十分钟的距离。根据传记记载，不能忘情于尤金妮的梵高，经常从肯宁顿路走到哈克福德路，希望能见到心上人，了却相思之苦。我猜想，他来回总会穿过肯宁顿公园，公园里的老树，应该都曾看过梵高伤心的背影吧！

一八七四年十一月，在文森特伯父的协助下，梵高被调往巴黎古伯画廊工作，暂离爱情受苦的环境。圣诞节，他回父母在荷兰海尔福伊特村的家。一八七五年一月二日，重返伦敦古伯画廊，五月底再调巴黎。圣诞节他则回到荷兰埃滕家里。十二月三十日，拜访文森特伯父，商谈他的未来。十二月三十一日，父亲力劝梵高辞职。一八七六年一月四日，梵高重回巴黎古伯画廊，提出辞呈，三月三十一日结束在古伯画廊的工作，从此告别艺术经纪人的生涯。

离开肯宁顿路，朝泰晤士河伦敦桥方向走去。当年在伦敦工作的青年梵高，常常到泰晤士河旁散步、划船。古伯画廊位于河对岸，划过滑铁卢桥不远的南安普敦街（Southampton Street）十七号。或许，我们正如他往日一般，重复同样的路径，走去河边、桥畔。

经波柔市场（Borough Market），拐进乔治旅店（Gorge Inn），虽然眼前是远从一六七七年保存至今的建筑，事实上乔治旅店于十六世纪末已开始经营。旅店里外都聚集了许多人，无不一杯在手，自得其乐。莎士比亚、狄更斯都曾是座上客，喜爱文学与饮酒的梵高，岂能错过这里？

穿过制造威士忌酒的酒窖，来到河岸边的船锚酒吧（The Anchor）。十七世纪建筑物矗立眼前，历史丰富，曾经是妓院、教堂、酿酒厂、贩卖船用品杂货店、款待有钱有势人物的酒吧。莎士比亚来过，著名的文学家塞缪尔·约翰逊是主人的密友，常和他的文学团体在此聚会。继续前行，绕经莎士比亚初抵伦敦、穷困潦倒

◇ 伦敦肯宁顿路梵高故居不再，已改建成学校

时期曾经暂宿过的教堂，来到了泰晤士河畔。

临河，河的彼岸，如今不单只有醒目的圣保罗大教堂圆顶，整个金融中心的现代建筑群，成为地平线上重要的棱线，只是此刻金融中心正在风雨飘摇中，惶恐不安。

沿河，从伦敦桥往塔桥方向漫步。一弯弦月当空，借着灯光的魅力，塔桥仿佛自河水中升起似的，在深宝蓝色的夜幕中，呈现儿歌与童话中的景象，正是梦中的情境，人们因此如醉如痴。

伦敦桥与塔桥之间的南岸，兴建了一幢美丽的商业玻璃大楼，还有灰黑色、长椭圆形的新市政厅建筑。唐效一见市政厅建筑就猛摇头："这建筑歪斜，不好，难怪金融要出问题。"中国人注重风水，政府建筑讲求格局方正。伦敦市政厅建筑的标新立异，果然造成问题？

散步上塔桥，行走到对岸，我们在伦敦已足足步行了六小时，脚酸难再迈步。当年，梵高为了能远远望见尤金妮一面，周末从拉姆斯盖特步行一百九十公里，花二十多小时来到伦敦，再走回拉姆斯盖特赶星期一的课；之后，经常从艾尔沃斯步行二十九公里至伦敦再折返。他的毅力着实惊人，脚力也令人羡慕。

我们招来一辆出租车，绕经南安普敦街，再点了一下梵高伦敦的足迹，便往中国城去了。

中国城里完全看不出金融的衰退，人潮拥挤，不论南食北味，几乎每家餐馆均告客满。绕看一圈，选择品尝海外难见的福州菜，果真很有特色，我们边吃边赞厨师平实诚恳的手艺。待返回柯来福、薛蓉家，已近夜里十一时了。

躺在床上，脑子仍活跃地追想白日的点点滴滴，伦敦的五光十色，很容易让人陷落。或许，要感谢尤金妮拒绝了梵高强烈的爱情，否则他大约会沉沦于伦敦，那么，还会有今日世人为之疯狂的画家梵高吗？

海尔福伊特 (Helvoirt)

　　二〇〇九年，唐效与我造访泽芬贝亨与提耳堡探寻梵高足迹，路经海尔福伊特村外，瞥见马路旁坐落着一些精心设计、美轮美奂的豪宅。

　　由于父亲工作的调动，梵高一家于一八七一年从津德尔特迁居至海尔福伊特村，住至一八七五年十月。一八七四年夏天以及圣诞节，梵高曾两度从伦敦返回海尔福伊特村与家人短暂团聚，应该留下了

◇ 海尔福伊特村的圣尼可拉天主教堂

一些痕迹。

我明明清楚这段历史，二〇〇九年，却因路旁村子华美的房屋，失去探究的兴趣。事实上也确实听说，附近大城市的一些富人都居住于此。心想：这儿虽曾算是梵高的家，但他只停留过极短的时间，他应该和我一样，在匆匆中领会：钱财创造出的社会阶层，再怎么表现得亲和，仍与一般人生出一定的疏离。

可是，毕竟梵高在这里住过，路过海尔福伊特而不入，对收集梵高足迹的我，毕竟是件未完成的事。后来几年，又陆续阅读了不少梵高的资料，其中一份提及：一八六九年，梵高在海牙古伯画廊工作，一八七三年五月，调职去伦敦的古伯分公司，那些年里梵高虽然不住在海尔福伊特，但无疑由于父母的关系，在梵高心里，这里是他的"家"。一八七四年圣诞节后，他从海尔福伊特回伦敦，写信给西奥："假如有可能的话，复活节时我会回海尔福伊特。"

读到这段文字，我收拾起自己的情绪反应，决定找机会走一趟这个与梵高有关而曾被我拒绝的村子。

二〇一二年五月五日，趁着去提耳堡庞特美术馆看特展后的回程，特意请唐效把车开进海尔福伊特村子里去。

梵高的父亲西奥多勒斯·梵高，原本是津德尔特的牧师，他所在的教会隶属于荷兰改革教会；一八七一年，被调职为驻海尔福伊特基督教会的牧师。

进入小村主路，很快便看见海尔福伊特基督教会矗立于马路旁边。十二世纪教堂初建时，不过是一座木造的小教堂。十三世纪以石材改建。早先唱诗班的位置，后来被改建成传教士居住的房屋。

◇ 安静的海尔福伊特村

教堂内依旧保持原状，里面立着一座铜制斜面阅书台，放着一本一七〇二年的《圣经》（以一六三七年版本为准印刷的《圣经》），是梵高的父亲一八七五年离开时，赠送给海尔福伊特基督教会的珍贵礼物。一八七二年，牧师初上任，为自己制作的教堂橡木楼厢，已被阿姆斯特丹荷兰国立美术馆购买收藏。

　　一八七四年夏天，梵高从伦敦回到父母在海尔福伊特村的家，曾画过一些村子景致的草图。其中一张 21 厘米 ×31 厘米的教堂粉笔素描、一张很小的 11 厘米 ×19 厘米的铅笔素描，画的是一瞥下小村的全景：画面里风吹众树，飘荡着明显的动感，树木的后方露出教堂的尖塔。

我绕着教堂漫步，教堂建筑高耸壮观，外墙颜色深沉古旧，散发着凝重威严的气氛。四周民宅，均紧掩大门。巨大肃穆的教堂与民宅过于靠近，好像压得这些民宅有些喘不过气来似的，不过或许正因为如此贴近，反倒让这些住家更守清规而平安自律。

小村有条路，命名梵高路，与村子里其他的道路没什么不同，唯有路旁的一排接续的房屋，比其他街道的房子来得低矮老旧。路的尽头，丁字路口中间留出一小方土地，被称为梵高广场，种满草花，正中央竖立一座青铜雕像：一手持画板，一手高执画笔。一看那模样便认得是梵高的纪念塑像。车过人行，除了我没有别人停留张望。这儿的居民早已习惯了这座雕像的存在。

梵高一生虽仅在二十一岁时两次短暂在小村停留，却曾经有四年多时光，把海尔福伊特当作自己的家来看待。

静默的海尔福伊特村，等到二十世纪下半叶，梵高热展开，顺应潮流，开始纪念他，为他塑像，甚至规划出他曾经走过的路径，供人们流连怀想。

海尔福伊特与梵高的情缘微妙。我走过小村一趟，在脑海中把梵高与海尔福伊特的岁月关系重新翻过一遍，最后保留在记忆底处最深切的是：高大粗壮的树木，翠绿色的叶子在风雨中不停地摇晃，正是梵高素描中海尔福伊特的景象。

埃滕（Etten-Leur）

　　一八七五年十月二十八日，梵高的父亲调职，一家人迁移至埃滕居住。

　　这年圣诞节梵高返回家中过节，然后重赴古伯画廊工作。一八七六年三月三十日，梵高辞职，并于次日回到埃滕家中停留两周，随后离开前往英国工作。这年圣诞节，梵高又返回埃滕，一八七七年新年，离家前去多德雷赫特城（Dordrecht）书店任职，而后至阿姆斯特丹，做进大学的准备学习。一八七八年七月五日，再次回家。八月二十四日去比利时，开始神职的一段岁月。

　　直到一八七九年八月十五日重新回到埃滕，梵高已放弃献身教会的心愿。一八八〇年三月，为逃避父亲把他送去收容所，梵高躲

◇ 埃滕中心

◇ 梵高 1876 年 4 月素描埃滕教堂与牧师屋

到比利时的奎姆勤练画画，十月迁至布鲁塞尔。

一八八一年四月梵高又折返埃滕，中途两次去海牙，一次看展览，一次习画。这次，他在埃滕住到十二月二十五日，当日因不肯上教会帮忙，与父亲激烈争执，遂离家住到海牙去了。

从这段历史来看，梵高和埃滕的关系，因与家人的恩恩怨怨，断断续续长达五年半时间。最后一次将近九个月的埃滕生活，留下了许多他勤练素描的痕迹。

第一次走访埃滕是二〇〇五年，那次从进镇的主街，远远吊拍了一张荷兰新教教堂的照片，就径自往镇里一处为纪念梵高而命名的"梵高广场"去了。

记得当时大雨滂沱，在广场上找到了青铜雕塑《向日葵与乌鸦》，

二〇〇三年四月，琳达·史黑柏斯－柯宁斯铸造，注明纪念画家梵高。沿着梵高广场与梵高街绕了一圈。这是个古老、秩序井然的安静住宅区，除了一间上锁的"梵高协会"（从玻璃窗看进去，大约是几个艺术同道以梵高为名的工作室），其余寻不出与梵高相关的痕迹。

这次再访埃滕，手上拿着梵高一八七六年四月画的素描图片《牧师屋与教堂》，很快在中心找到了梵高所绘的教堂（回家后调出照片核对，正是二〇〇五年我拍过的教堂）。

伫立在梵高当年绘图的位置，仔细对照素描与现在的景物。由于城市规划的变迁，除了教堂如旧，罗森达尔斯路（Roosendaalseweg）四号的宽敞牧师屋已然阙如，代之以新式建筑的政府办公大楼。整条路已拓宽，两旁屋舍各退后数十米，几线道的林荫大马路笔直通

◇ 埃滕中心市集广场树龄两百余年的美树

向中心，开着汽车，大老远就在主路上看见新教教堂坐落于路的尽头。

　　漫步至教堂，教堂后仍保留了一小块墓场。绕过墓场，走到埃滕政府办公大楼前，一片略为隆起的草场，上面挺立几株数丈高的树木，不知是否包括了梵高素描里的树木。树木之间立了一尊梵高的青铜雕像，黑·弗瑞一九九〇年的雕塑作品，纪念曾经在埃滕四周辛勤作画的画家：瘦小的梵高，头戴宽边的帽子，背上扛着从颈部长至腰际的画具和椅子，留着胡子的脸庞，露出自信坚定的神情。他或许正举步前往野外作画，抑或写生了一日，心满意足正要回家。

　　教堂另一侧连接市集广场。教堂旁一间小小的倒钟形古砖房是

"梵高中心"，接待前来埃滕追思梵高的游客。星期日梵高中心关闭，唐效与我在市集广场上信步观览。

市集广场正中央，圈了一棵直径约六米的伞形大杨树，虽然树枝纠结，但修剪有形，自一七七四年存活至今，树龄长达两百多年，镇人立碑赞其为"美树"，梵高也曾以画笔颂赞这棵古树。广场四周是保持完整的古老建筑，有好几幢房屋墙上标示的建筑年份，均早于梵高来到埃滕之前，因此证明梵高必然熟悉这些老屋。

一八八一年夏天，梵高寡居的表姐凯·福斯－史特利可，领着八岁的儿子约翰尼斯度假，住到埃滕牧师屋来。温婉的凯，常与梵高在罗森达尔斯路上散步谈心，也陪伴他到郊外素描，点燃了梵高对表姐的爱慕之情。我能揣测，他们一定常在市集广场周围漫步。心中充满爱的梵高，在埃滕的日子，该多么甜美与舒畅啊！素描得

◇ 凯和她的儿子约翰尼斯

到凯的鼓励与赞美，创作起来又是多么勤奋有劲！

可惜好景不长，梵高鼓足勇气向凯求爱，却遭激烈拒绝："不，不，永远不可能！"之后，凯仓皇逃离埃滕。

虽然凯本人不愿意，加上两家人也坚决反对，但是浪漫的梵高仍旧不肯放弃爱情，相信自己的真诚能够扭转局面。写信无效，他亲往阿姆斯特丹向姨父请求，被痛责后徒劳而返。爱情的挫败，让梵高回首再看埃滕的景色人物，又是另一番心境与滋味，对于绘画道路的执着与辛勤，变得更加专注了。

梵高在埃滕期间，共画了约一百张的水彩、铅笔和炭笔画。素描的景物，有一小部分地方仍能寻到，可是大部分地方均随着时间的久远消失无影。比如，牧师公馆、老罗森达尔斯路上的风车、乐尔斯小街修剪极好的杨树、荒野、丽斯树林和巴格内伐特等，都早已不再。

一八七五年的埃滕，大约有五千七百位居民，多数为天主教徒，基督徒才一百五十八人，大多以务农为主。土地大部分为树林与荒地。埃滕与勒尔原本为两个相邻的小村，勒尔设有一家糖厂，而埃滕与勒尔共有三家雪茄作坊、一些商人及很少的商店。一九六八年，两村合并，称为埃滕－勒尔镇（Etten-Leur），越来越见规模。

现在的埃滕－勒尔（简称埃滕）看起来，既安静祥和，又有完善的生活设施。建筑，尤其是民宅的设计与分布，既现代又保有古老的品位，让人一眼便觉得是居住的美好环境。虽然埃滕现代化了，但梵高素描中纯朴的乡村气息，仍旧可从居民的脸上、生活的步调与方式感受到。

如果梵高再回埃滕，纵然会叹息曾经熟悉、经常作画的树林、荒野不再，但站在新教教堂之下，或是"美树"之旁，他究竟会先怀想起自己无望的爱情，还是与父亲对峙的纠葛？

一八七五年至一八八一年，中国出现了第一条铁路，首次发行邮票，首发电报。法国巴黎歌剧院建成，为十九世纪折中主义建筑的代表。巴黎北火车站安装世界第一座火电厂。德国R.赫尔提出了"赫尔定律"。法国L.巴斯德发现治疗炭疽与狂犬病的疫苗。德国G.A.纽伯开创无菌手术，以高压蒸汽消毒手术器材。美摄影家F.E.艾夫斯发明照相铜版印刷术等。

以失败收场的一八七四年首次印象派画展，未售出的作品，一八七五年以低价拍卖；这一年，梵高终身仰慕的写实主义大师米勒去世。一八七六年，印象派画家再接再厉，举办第二次画展。

一八八一年八月十八日，立志走向艺术之路的梵高，在埃滕登记户籍时，毫不犹豫地于职业栏里填写了"画家"。

拉姆斯盖特（Ramsgate）

拉姆斯盖特位于英国南部海边，离多佛港（Dover）很近。隔着英吉利海峡，法国渡轮就近停靠多佛，比利时渡轮则停在拉姆斯盖特的码头。

三月一日近午，从阿什福德南下拉姆斯盖特。一路山坡起伏，鲜有人家。离开大伦敦区，英国基本上给人地广人稀的印象。

一个半小时车程，进入拉姆斯盖特城，来到了王室路（Royal Road）。

一八七六年四月十六日，梵高按报纸上的信息应征得到职位，只身来到英国海边小城拉姆斯盖特，在威廉·斯托克斯创办的学校担任教职。学校地址为王室路六号。距离一八七五年五月他离开英国，

◇ 拉姆斯盖特邮轮进港

◇ 拉姆斯盖特王室路街景（左）、拉姆斯盖特王室路六号（右），以及门边的梵高纪念牌（中）

已近一年时间。时光并没冲淡他对尤金妮的爱情与思念，反而加深了他追求的信念——以诚心打动佳人。所以，他折返英国工作。

斯托克斯创办的是一所寄宿学校，十到十四岁的男学生共有二十四名，梵高教他们法语、德语、算术，课后还要管理他们的生活，事情琐碎。梵高很快就怀疑自己这份工作的意义何在。更糟的是，校长为人吝啬，只供梵高食宿，不另付薪水，让他捉襟见肘，度日更加艰难。

虽然经历一百多年，但是拉姆斯盖特王室路的房屋维护得很不错，建筑依旧。维多利亚式连续建筑，坐落在同一三角形立面屋顶下，每扇大门旁，依序排列门牌号二至四十二号。

六号房屋大门，悬挂一块蓝底椭圆形牌子，写着"画家文森特·梵

◇ 从拉姆斯盖特梵高教书的寄宿学校望向海边

高（1853—1890）一八七六年在此教书"。大门高出地面六个台阶。房屋共四层，地面三层，一楼窗户略为突出呈拱形，二楼有两扇落地窗，可通阳台，三楼则有两扇大窗。房屋台阶旁边延伸至地面还有一层空间，辟出另外的楼梯与门口进出。这样的房屋住宿二十四个学生，再隔出教室，实显局促。但是，室外环境却非常美好，沿路下坡七八十米，便是海港与辽阔的大海。

已近下午二时，饥肠辘辘，走进路口面海的丘吉尔酒馆（The Churchill Tavern）。

包括酒馆的一长列建筑物始建于一八一六年，一八六八年作为寄宿宿舍之用。不久改为旅社，包括店铺、餐厅和茶馆等。直到一九六一年，转角的建筑重新装修成维多利亚式，成为"梵高酒吧"。

◇ 拉姆斯盖特滨海的丘吉尔酒馆（上），曾名为梵高酒吧

◇ 拉姆斯盖特斯潘塞广场十一号梵高故居

一九八三年改换主人，更名"斯特普托的酒吧"（Steptoe's）。一九八八年再度易主，成为现今的"丘吉尔酒馆"。

酒馆内部支柱与地板，全部采用两三百年的老橡木，不用钉子接榫而成。酒馆被英国酒吧指南评选列入"好酒吧"名录，酒馆本身也是小城内最好的"乡村酒吧"，以氛围著称。误打误撞进入，坐在可以看见海景的一角，十分享受。

根据酒馆的历史可推断，梵高在拉姆斯盖特期间，现今的酒馆仍是旅社的茶馆。想来口袋羞涩也无心情的梵高，每次路经去看海、素描，大约难得甚或不曾进入饮茶吧！

查看地图，梵高居住的斯潘塞广场十一号（Spencer Square）就在酒馆附近，趁着等待午餐的时间出去瞧一瞧。

酒馆拐角就是斯潘塞广场呈 L 形的房屋，十一号靠近两排房屋九十度交接角处，与寄宿学校隔一个操场遥遥相望。

抬头，三层楼的维多利亚式住家，二楼两扇长落地窗中间的黄褐色砖墙上，钉着蓝色标牌"文森特·梵高（1853—1890），画家，一八七六年居住于此"。

房屋主人在门口及二楼窗台上都养了盆花。细看，一楼窗户垂挂的白纱窗内还特意插了一大瓶向日葵。虽然是人造向日葵花，但主人毕竟有心纪念曾是同一屋檐下的画家梵高，也以此形式向前来瞻仰遗迹的梵高迷致意。

沿着海边围栏向海港的方向走去。由于地形，港湾在坡下，沿坡往下漫步，没有建筑阻隔，视野是清清楚楚地从小渐渐拉大：近处货柜正在忙碌起卸，稍远是静静停泊的游艇，远方航行进来的邮轮，

◇ 梵高 1876 年素描拉姆斯盖特海边风景

港湾内的建筑物，半山坡上的住宅、公寓，尽收眼底。

纵然海边风景宜人，可事业不愉快、爱情不顺畅，梵高在拉姆斯盖特虽然只待了短短两个月，却抑郁寂寞难挨，只能以素描与书信，来慰藉心情的苦闷。

梵高画过一张拉姆斯盖特的海边风景，画面构图清幽空旷。而我眼中的拉姆斯盖特海边风景，则是热闹的货物吞吐港，游艇云集的度假胜地。

尽览拉姆斯盖特的海边风景，返回丘吉尔酒馆，侍者正好把特制海鲜意大利宽面端上桌。

◇ 拉姆斯盖特通向港口的道路

下午五时五十五分，得从伦敦搭飞机返荷兰，无法在拉姆斯盖特久留。

一如梵高在拉姆斯盖特的来去，我快速一瞥小城景色后，匆匆离开。

飞机从盖特威克（Gatwick）机场跑道起飞升空，伦敦逐渐在眼前变小、消逝。

艾尔沃斯（Isleworth）

艾尔沃斯，位于伦敦西南约二十九公里的地方。

二〇〇九年二月二十七日傍晚，唐效与我从家中开车过荷兰、德国边境，约三十分钟到达了韦策机场，搭乘一小时的飞机，抵达伦敦盖特威克机场。我颇为感慨，跟唐效笑说："从我们家到伦敦，好像比去阿姆斯特丹还快、还方便。"

到英国，是为了完成梵高足迹的追寻。唐效公司合伙人柯来福是英国人，家住阿什福德，就在艾尔沃斯附近，开车不过十多二十分钟。他的妻子薛蓉，是位药师，专攻精神疾病的药物治疗。在英国精神病给药，规定必须医生、药剂师与病人三方在一起，讨论后才能开处方。薛蓉服务的医院就在艾尔沃斯，她很清楚梵高住处的位置。夫妇俩很热情地接待我们，柯来福除了亮厨艺，以母亲的秘方——传统英国蔬菜白豆炖牛尾接风，还承诺帮我完成梵高足迹之旅。

次日，一行四人开车来到艾尔沃斯，薛蓉指路，很顺利地停车在梵高故居附近。

一八七六年印象派的健将们，在巴黎举办第二届画展。这一年六月梵高来到艾尔沃斯。

七月三日梵高更换教职，改到汤玛士·史拉德－琼斯牧师所创办的学校教书。学校位于特威克南路（Twickenham Road）一百五十八号，谓之"厚门大院"（Holme Court）。

梵高在学校里除了给学生上课，还教他们读《圣经》、唱赞美诗。

学生们都是穷苦人家的小孩，梵高充满爱心，极有耐心地教导他们。校长琼斯牧师很欣赏这位年轻、信仰虔诚的教师，不久即聘用为助理牧师，跟随他一起走访教友、拜访贫民窟，宣传福音。梵高对贫民窟穷人的凄惨处境十分不忍，总是努力透过传道方式，希望安抚他们悲苦的心境。

走到特威克南路一百五十八号，看见的是一幢形状方正、容积宽大的三层楼红砖宅第。一楼大门居中，左右各两扇大窗；二楼、三楼各有五扇大窗。正对大门，左边两扇窗户中间的墙上，挂了一个椭圆形蓝色牌子。牌子上围绕一圈白色含苞的花朵，写着"著名画家文森特·梵高一八七六年居住于此"。

◇ 立于艾尔沃斯特威克南路旁的梵高大院标识（左），以及说明牌（右上）
◇ 艾尔沃斯特威克南路一百五十八号牌子上写着"厚门大院"（右下）

透过锁着的铁门、圈围的铁栏杆望进去，窗户里房间内部空空荡荡。铁栏杆上竖了个"出租办公室"的牌子，似乎乏人问津。房屋右边几间房子之后，有一棵细高的树，树干缠满油绿色的常青藤。树下立了两块牌子，一块长方形牌子写着"梵高大院"，另一块则仔细介绍了"厚门大院"，还附了一幅早年建筑景观图——曾经庭院深深、宅第层次有致，且典雅庄重。

"厚门大院"这幢建筑物建于十八世纪初，十九世纪中叶变为男生寄宿学校。一八七六年，梵高就在这所寄宿学校任教，同时住在校内。后来，学校改成收容流浪儿的学校，直至一九二〇年。之后，这里成了加文集团公司的办公大楼（L. Garvin Group of Companies）。二〇〇三年，配合周围兴建的许多新公寓，这幢"厚门大院"主建筑外表重新磨光，整幢建筑物焕然一新。当然，英国

◇ 艾尔沃斯特威克南路的梵高故居以及纪念牌

◇ 艾尔沃斯梵高故居对街的教堂

建筑物使用的砖块，似乎煅烧得特别坚实，历经好几百年依旧完好如初，很难看到破损。

"厚门大院"对街的教堂建于一八四八年，乃属于英国组合教会派的教堂。教堂右边，过十字路，特威克南路边有一片围起来的大草场，然后是一幢很漂亮醒目的红瓦白墙建筑。建筑形式似乎受帕拉帝奥风格主义影响，建于一八四一年，注明是一所修女学校。

特威克南路非常长，再往下走，沿街单数号皆为商店，双号则是砖造的低矮砖房，一间接一间，房屋虽小，建材却很牢固。从屋檐下

◇ 艾尔沃斯梵高大院的标识大而明显

标示的年份，知道是一八五〇年或一八六〇年政府建筑的补贴房。

这一带建筑，至今基本上还是维持十九世纪中叶的风貌。换句话说，我们眼前所见与梵高当年所见，大同小异。

不停地在特威克南路上行走，主要是为了继续寻找一百八十三号。资料上提及：一八七六年六月，梵高初次来到艾尔沃斯，因为威廉·斯托克斯把拉姆斯盖特的学校迁移至此。薛蓉虽说不曾听闻这段历史，依然陪伴我，四人一起寻觅。走完最后一家小商店，隔一条小街过去，门牌号是一八七、一八五，然后一大片土地上面矗立着一幢具有相当规模的建筑物，从门上招牌知道是一家印度简餐店。

◇ 艾尔沃斯威克南路非常长

　　在餐馆前后左右张望了半天，看不见门牌号，大家推测号码顺序当然该是一百八十三号——我所找寻的建筑。薛蓉观看建筑形式，判定属于英国撒克逊式的对称建筑，应该是十九世纪中叶前的建筑才对。正说着，一位身穿白色笔挺衣服、头戴白色高帽的厨师开门出来，我赶紧三两步走上前请问门牌。"一百八十一号。"厨师道。

　　呃！一百八十三号出缺。猜想房屋被拆掉，土地并入一百八十一号，成为餐馆停车的空地了，难怪在附近医院工作的薛蓉完全不知。

　　重新上车，薛蓉领我们来到著名的艾尔沃斯"狮子码头"畔，泰晤士河流经之处。正遇河水退潮，船只搁浅在泥沼上。原来，泰晤士河每日均有涨潮与退潮时间，涨潮水来，船只就能自由航行。

◇ 特威克南路上，左边建筑为一百八十五号，右为一百八十一号，中间一百八十三号已拆除

听此，我又增长了见识。

从"狮子码头"向远处望去，艾尔沃斯市政府轮廓清晰，也看见生产蓝白瓷的瓷器工厂。这些建筑物，最早建于十八世纪中至十九世纪初。一八七六年，梵高必然曾经站在目前我伫立的位置，观看码头并眺望艾尔沃斯城，同时想着苦涩的爱情心事吧！

汽车进入里士满（Richmond）中心前，先经过横跨泰晤士河的一座大桥。未上桥，已从河岸与中心建筑的棱线，感受到小城营造出的山坡起伏、流水潺潺、娴静清雅的独特风格。果然薛蓉与柯来福都说，伦敦的有钱人喜欢在这里安家。

里士满有座名为"里士满卫理公会"的教堂（Richmond Methodist Church），是梵高第一次布道的地方。

◇ 从艾尔沃斯"狮子码头"看泰晤士河退潮景象

手上只有教堂名称却没地址，柯来福用笔记本式计算机上网查询，应在上坡路（Hill Rise）附近，沿街见一车位便把车停下来。下车见一花店，进去问路。主人读完我纸上写的教堂名，思索了一会儿，说："往上走一段有一座教堂，下坡路边有一教堂，下坡后右转再往前走，好像也有教堂。"随后表情有些尴尬，接着道，"我从来不上教堂。这几处教堂你去瞧瞧吧！"

听到我询问的结果，其他三人全笑了，唐效道："不是白说吗？"

继续上山坡，还是下坡？柯来福再仔细看一下他打印的地图，指挥我们上坡。走约二十米，左手边一条小径酒园巷（The Vine Yard）弯转上去，拐个角，仰头见到一座高大的教堂建筑，但这是一座天主教堂啊！走近仔细研究，原来里士满卫理公会与天主教堂

◇英国房子建筑不论高矮都有许多烟囱（上）
◇艾尔沃斯威肯汗路上的另一座老教堂（下）

毗邻。两座教堂，一高一低，砖色虽不同却很协调，乍看过去，根本不会想到是两座不同教派的教堂。

一八七六年，琼斯牧师创造机会，梵高登上里士满卫理公会的讲坛，公开第一次的布道。他的热情、他的诚挚，很快感染了听众，受到热烈的欢迎与赞美。这次经验带给梵高很大的信心与鼓励，他提笔写信给西奥："不管我将来在什么地方，都要传布福音。"这个志向仅维持了四年，一八八〇年，他转变志业，决心成为一位画家，文森特·梵高牧师成为过眼烟云。

◇ 里士满酒园巷通向里士满卫理公会及天主教堂

◇ 里士满卫理公会教堂正门

　　柯来福与薛蓉询问我们，要不要在里士满多逛一逛？唐效与我摇头："这么美的地方，下次专门来玩一趟。"

　　梵高说，他要再回新阿姆斯特丹取他的画箧，没回去；说要再回安特卫普，也没回成；在纽伦留下大箱的画作，也没回去取。唐效与我下回真会刻意到里士满？许多美丽的地方，曾誓言要再次造访，隔上一阵似乎也就无所谓了。

多德雷赫特（Dordrecht）

多德雷赫特，靠近鹿特丹港的一个古老城市，马士河、莱茵河、梅尔维德河等围绕此城而后入海。十一世纪已经建城，十七世纪因贸易繁荣，是荷兰最老的几个城市之一。至今，仍保存有一千多个具历史纪念意义的建筑物。漫步在老城区里，产生通过时光隧道返回中世纪时代的错觉，人们的现代服饰倒变得与建筑环境格格不入了。

第一次到多德雷赫特是陪朋友游过鹿特丹后，顺道蜻蜓点水一下。在市中心一处桥畔，大伙儿喊风景美丽要下车拍照，拍过来拍过去，这一景就把时间用尽了。因赶路，城市其他地方也没机会观看。

第二次造访，专门参观阿尔伯特·库普（1620—1691）的画展。库普出生于多德雷赫特，一生住在这座城中，享受荷兰城市衣食丰裕、歌舞升平的生活。这次因探访库普的足迹，参看画家画中景观的实

◇ 多德雷赫特新广场与新商场

物与角度，我的双脚几乎踏遍了老城中的每个角落，还把握夕阳余晖时刻，搭乘一艘游艇，先沿马士河，再溯梅尔维德河而上，望着多德列克城，逐渐由放大的细部变成一幅金色的全景图，这正是库普流传后世油画的写照。

多德雷赫特城就这样深深地打动了我，它的景色如此安静、优美，如诗如歌。每次回想，总觉得昨日才走过似的清晰、迷人。

二〇〇九年二月十一日，专为梵高进入多德雷赫特城，才惊觉，上次的拜访居然是二〇〇二年的往事，一别竟已七年。

一八七七年一月至五月，经由叔叔的推介，梵高在多德雷赫特得

到一份工作，成为"布鲁塞·凡·布让姆书店"（Blussé en Van Braam）的店员。

　　布鲁塞·凡·布让姆书店的地址为：前街（de Voorstraat）256b 号。在荷兰大城市里看到"前街"名称，立刻可从历史渊源得知，是该城市建立时最重要与热闹的街道。以此类推，多德雷赫特前街也是该城当年最繁荣的街道。

　　多德雷赫特城规划得很好。城中心的步行街一刀劈成两半：一半完全现代化，一个四方形的宽阔大广场，四周环绕最摩登的商场建筑，呈现得既壮丽又朝气勃勃；另一半则完全维持旧貌，长方形

◇ 多德雷赫特老城区建筑（左上）、老广场旁边的水湾（右上），以及大教堂旁的风景（下）

的广场中央，竖立着手持调色板与画笔的画家——阿里·谢弗的青铜雕像。三面高耸各式屋顶的荷兰传统建筑，一面朝向港湾口，水面上停泊着船只。

阿里·谢弗生于多德雷赫特，父亲曾是荷兰国王的首席画师。十九世纪初，父亲去世，他随母亲迁居巴黎。阿里·谢弗画肖像成名，曾为肖邦画过三次肖像，后来也以宗教和文学为绘画主题。他先是写实主义画家，后加入印象派的绘画运动，死后葬于巴黎蒙马特坟场。去世四年之后，多德雷赫特乡亲歌颂他艺术的成就，竖立铜像，同时广场以其名命名纪念。

面对广场铜像，前街256b号位于铜像右手边，是一幢希腊古典式建筑，屋顶呈三角形，外表漆白色油漆的四层楼房。书店不再，如今替代的是一家名为"米罗"（Miró）的酒馆餐厅。站立门口，我想：以画家命名，主人大约知道梵高的这段历史吧！应该是个有心人。

沿街往港湾的反方向走，来到前街二百九十号瓦尔斯教堂（Waals Kerk）。梵高在多德雷赫特工作期间常常来此，这个时期的梵高仍旧虔诚事主。教堂始建于一五八五年，一八四〇年改建成新哥特式，建筑外貌维持至今，只是教堂面向前街的部分，改成一家贩卖运动服的商店。这样的变革其实挺有趣。门口左边墙上，一块灰黑色大理石牌子，说明了教堂的沿革，郑重提及一八七七年梵高与教堂的关系。

一日，走了阿姆斯特丹、海牙、多德雷赫特，由于冬天日短，此时天已蒙蒙灰暗了。梵高在多德雷赫特还有一处足迹——他栖息之居所。资料说，此街房屋已拆除，只在原址遗留一块纪念牌。

唐效再度尝试说服我放弃寻访不存在的景物，说："一块牌子有何意义？"我却执意完成行程，他只好让步。

开车在灯影中经过大教堂（Grote Kerk），教堂顶上的四面钟如花瓣般裂开，造型奇异，加上教堂塔高，自然成为城市地标。再经鱼市场，内湾的港口船舶罗列，加上道路旁各有特色的房屋建筑，夜景实在迷人。极目美景，唐效也不抱怨我寻找"一块牌子"的死心眼了。

依照汽车导航，绕了两大圈街道，都没能找到"水畔税桥街"（de Tolbrugstraat Waterzijde），汽车导航老把我们引到"税桥营区"（Tolbrug Kamp）。眼看天就要全黑，计算再过十来二十分钟大约就无法拍照了。唐效与我翻看地图之后，才发现目的地其实不远，决定停车走路寻找。

循着人行小路穿过"税桥营区"，一看，正是"阿里·谢弗广场"。唉！原来"前街"在广场雕像右边，"水畔税桥街"就在左边。每天早晨，梵高从广场左边走出家门，经过阿里·谢弗铜像，踏入右边"布鲁塞·凡·布让姆书店"上班，傍晚又从书店经过广场铜像回家，每日与谢弗至少打两次照面。

谢弗天天看着年轻沉默的书店店员，能预知他将成为一位伟大的画家，名气超越他否？而这位信仰虔诚的书店店员，可曾仰慕过谢弗？料到有朝一日会走上他的道路吗？

果然，"水畔税桥街"如今就是一条小巷道。租房给梵高的贩卖药草商人 P. 莱肯家——水畔税桥街二十四号已不存在，在墙上留下纪念牌，"这条街一八七七年一至五月住过文森特·梵高"。我

Waalse kerk

De Waalse kerk bloeide op nadat vele Zuid-Nederlandse
protestanten na 1585 naar de Noordelijke Nederlanden
gevlucht waren en een aantal zich in Dordrecht vestigde.
In 1840 vond een ingrijpende verbouwing plaats, uit die
tijd dateert de voorgevel in vroeg neo-gothische stijl.
Het was een zaalkerk met een eenvoudig interieur. In
1877 woonde Vincent van Gogh hier meerdere malen een
dienst bij. De kerk is in 1986 opgenomen in het
warenhuis op de hoek Visstraat en Voorstraat.

ANWB

◇多德雷赫特的瓦尔斯教堂，现为运动服装店（上）
◇多德雷赫特瓦尔斯教堂写有与梵高关系的纪念牌（下）

◇ 多德雷赫特鱼市场前的景观

赶紧借天空剩下的最后一丝余光，拍摄下这块纪念牌。

"可以请辛苦的司机吃顿晚餐吗？"唐效问。

我轻松回答："当然要好好犒劳。就去米罗酒馆餐厅吧！"

原来餐馆取名"米罗"，是因为提供西班牙小食，而米罗乃西班牙籍绘画大师。餐馆墙上挂满了待沽的普普风格画作。男厕门上以耶稣像代替文字说明，女厕门上则是圣母马利亚像。邻桌两位男士点了餐饮还点了一副西洋棋，边吃边喝边玩。主人的经营方式别有自己的独特趣味。

唐效与我点了两人份三道的米罗小食，居然有二十小碟不同的冷、热小食上桌，味鲜色美，令我们惊喜，决定以后要专门开一个

◇ 多德雷赫特梵高工作的书店，现为米罗酒馆餐厅（左）。餐厅里的西班牙小食（右）

多小时车来光顾。

　　边享用美食，我边跟唐效说起在"布鲁塞·凡·布让姆书店"工作的梵高。忘了是在哪里读到一份资料，写当年书店同事回忆说：梵高外貌与众不同，脸上雀斑点点。身体健壮，一头竖直的红发。一兴奋就神采焕发。他向顾客介绍书时，只顾讲述自己的看法与感受。他的心里只有艺术、上帝与《圣经》。老板不满意他的工作态度，却无法责备他苦读《圣经》的虔诚宗教信仰。

　　无论如何，卖书不是梵高的志业，短短数月，他告别书店店员生涯，风景美丽的多德雷赫特留不住梵高的心。

阿姆斯特丹（Amsterdam）

　　一八七七年五月十四日，梵高去到阿姆斯特丹，准备进大学就学的功课补习，父母决定培养他成为有大学学位、受人敬重的牧师。次年七月五日，他却放弃了进修的念头，返回埃滕。阿姆斯特丹一年多的日子，他暂住伯父家每日勤学苦读。

　　梵高的伯父约翰尼斯·梵高是一位海军司令官，住在大卡腾博格街（Grote Kattengurgerstraat）三号。

　　二〇〇九年二月十一日，趁着去阿姆斯特丹梵高美术馆观看"梵

◇ 阿姆斯特丹荷兰国立海洋历史博物馆

高与夜晚的颜色"特展，我又重踏了一次梵高在荷兰首都阿姆斯特丹的足迹。

汽车经亨德里克王子码头街（Prince Hendrik Kade），越过一座老桥，来到大卡腾博格街。街口，依着东船坞（Oosterdok）畔，耸立着一幢长方形的肃穆建筑物，三面临水，即荷兰国立海洋历史博物馆（Scheepvaart Museum）。博物馆右边，隔一条小水道，一幢向街心延伸过去的长方形建筑物，仰头透过玻璃窗看进去都是办公室。这建筑物与博物馆之间，修造了一座横跨水面的短桥衔接，推测应该是博物馆和海军办公所在地吧！

◇阿姆斯特丹大卡腾博格街三号，在这幢建筑临水的这一部分原本是梵高故居（上）
◇阿姆斯特丹大卡腾博格街及梵高故居原址上的纪念牌（下）

◇ 从阿姆斯特丹大卡腾博格街观赏对岸的景致

　　这幢建筑临水面街的砖墙上，钉了一块铜制方形牌子，上面写着：
"约翰尼斯，梵高伯父，海军司令。一八七七年五月至一八七八年
七月梵高居住于此。"当年的大卡腾博格街三号，原址就在青铜牌
子悬挂的位置。贵为海军司令，约翰尼斯·梵高将军获得海军分配
一幢免费豪宅居住的殊荣。

　　十七世纪乃荷兰黄金时代，曾是世界海上霸权国家，历史辉煌。
海洋历史博物馆便展示活跃于十六至十八世纪的商船模型、有名的
海战绘画、海图，以及古代使用的船具。

　　走过海洋历史博物馆，伫立于它与古桥之间，往水域方向望过去，
原来这儿离中心火车站不远，隔水与火车站遥遥相望。两者之间的

◇ 典型的阿姆斯特丹建筑、运河和游船

水中，坐落着一幢现代船形建筑——贝聿铭设计的现代科学博物馆，造型引人注目。当年，梵高住在大卡腾博格街时，博物馆及约翰尼斯·梵高伯父住宅与火车站间的大船坞，应该毫无建筑阻隔，只见停泊的各色船只。

梵高寄宿在伯父家，若倚窗观看水光船影的景致，想必十分曼妙；可是依他当时的心境，或许见山不是山、见水不是水。为了通过考试上大学，梵高家人聘请家教（他得走到犹太区的家教老师家上课），为他补习拉丁文、希腊文、代数、文法等。这段时间，他脑袋中怕是只有不同文字的文法与数学符号。

来到阿姆斯特丹，梵高很快见到了表姐凯·福斯－史特利可。

◇ 阿姆斯特丹雾中的运河与船屋

凯是梵高姨父史特利可牧师的女儿，史特利可太太是梵高母亲的姊妹，关系很亲密。

史特利可牧师的家位于皇帝运河街（Keizersgrachtstraat），为阿姆斯特丹最华贵的街道，临着运河，运河两岸沿街的弗拉蒙式屋宇，鳞次栉比，极为讲究。有名的西教堂建筑，矗立于皇帝运河街与王子运河街之间。梵高在姨父家见到婚姻幸福、育有一子的表姐凯。年轻爽朗的凯，触动了梵高喜欢女性与爱慕女性的情怀。

一年后，梵高厌倦了作为"学院派牧师"的打算。他疑惑：难道没学位就没传播福音的资格？就不能是上帝拣选的门徒？终于，不肯屈服于家人世俗的看法，不顾家人的反对，他放弃了长时间累积的学习，毅然离去。

一八八一年夏天，寡居的表姐凯带着孩子造访埃滕。梵高单恋

◇ 梵高 1885 年 10 月油画阿姆斯特丹

上她，提出求婚，凯惊吓拒绝，逃返阿姆斯特丹。十一月底，梵高写信给史特利可姨父，表明对凯的真诚情感；同时向居住在巴黎的西奥请求车费补助，赶往阿姆斯特丹争取爱情。

凯拒绝与梵高见面，姨父、姨母也强烈反对，认为梵高荒唐。为证明自己的真挚与决心，梵高毫不犹豫，在姨父母面前，把手放到烛火上去烧。几近疯狂的举动，吓坏了姨父、姨母，但凯仍不肯现身。梵高热烈的情爱，无可奈何被硬生生地压制了。离开姨父母家，他在一家干净的廉价旅馆住下，每日仿若无意识的游魂，在城里飘荡。过了几天，拖着沉重的脚步，捧着灰暗绞痛的心，黯然折返埃滕。

梵高生前到过阿姆斯特丹几次，曾拜访荷兰国家美术馆。居住阿姆斯特丹期间，也常散步经过林布兰特的故居。林布兰特是梵高欣羡的艺术大师，受其影响极大。林布兰特一生画了许多自画像，看他的自画像，等于读了画家本人的生平。梵高献身绘画后，也不断画下自画像。从他们两人的自画像中，我看到了相同的眼神——男人坚决却异常悲伤的眼神。

漫步在阿姆斯特丹城，看运河罗布、游船如织，回想在阿姆斯特丹的梵高，除去待在美术馆的时刻，其余的时间心神竟是荒凉的，阿姆斯特丹的河水再怎么一波波地流淌而过，也浸润不了年轻梵高坚厚干涸的心。

梵高一定想象不到，有朝一日他的艺术魂魄会长驻阿姆斯特丹。

荷兰国家美术馆举办过梵高特展，国家美术馆后面的美术广场边，更建有梵高美术馆，该馆成了荷兰首都重要的地标。世界各地来到阿姆斯特丹的访客，皆慕名前来，欣赏他宛若火浴凤凰一般创作出来的绘画。

布鲁塞尔（Brussels）

梵高生前两度停留布鲁塞尔。

布鲁塞尔为比利时首都，是个古老的城市，已有一千三百年的历史。

一九八八年至一九九○年春天，我住在这座城里，先在法语学校进修一段时间法文，然后考进布鲁塞尔皇家艺术学院油画系就读。两年后，休学结婚离开比利时。梵高是我休学的最佳借口——在艺术学院待的时间越长，越会被学院派传统捆绑，越难走出自己的艺术风格。

◇ 布鲁塞尔的圣·卡特琳娜教堂与广场

◇ 布鲁塞尔皇家艺术学院大门（上）及建筑（下）

布鲁塞尔市中心对我而言，轻车熟路，尤其是皇家艺术学院。

皇家艺术学院距离布鲁塞尔最经典的大广场不远。大广场四周围绕着金碧辉煌的巴洛克式建筑与典雅的文艺复兴建筑，至今仍可以从这里感受到比利时中世纪的繁荣富裕。雨果、左拉曾从巴黎避难至此，常常坐在广场上的咖啡馆里写作、论政；马克思的《共产党宣言》，也在大广场旁的"天鹅之屋"起草；拯救比利时的传说英雄——撒尿小童铜像亦在附近。

梵高于一八八〇年十月，从奎姆搬到了布鲁塞尔。遵照西奥的介绍，跟随著名的荷兰艺术家威廉·勒洛夫斯习画。威廉·勒洛夫斯说服梵高，登记进入布鲁塞尔皇家艺术学院研习初级艺术课程，不仅能学到解剖学，还能学到立体表现和透视的方法。

但是，当时的梵高心里嫌弃正规美术教育，他究竟有没有在布鲁塞尔皇家艺术学院学习过，没有记录可考证。据说曾上过课、画石膏像和模特儿，没有正式注册。

我私心希望梵高曾在布鲁塞尔皇家艺术学院学习。记得，我站在油画系画室里画模特儿时，常常会想：梵高是否和我一样，在这间画室画画？当午餐时间，我边咬苹果边赶画作时，也会想：我是不是和梵高一样，为艺术而拼命？当教授上解剖课时，我想：梵高也这样细看人体肌肉的分布吗？

经过二十年，重回位于南街（Rue du Midi）的皇家艺术学院，街道变宽了，进校大门的设计改变了，学校正门对街建筑变成了一家四星旅馆，旁边开设了画具店以及书店。环境比以前好多了，却让我感觉陌生。明知许多事物不可能一成不变，仍希望记忆永恒。

◇ 布鲁塞尔南站的交通要道（左）及布鲁塞尔南大道陆桥下结构（右）

拐到德瓦斯街（Dwarsstraat），按照青年旅舍的指标，找到德瓦斯街八号。这是幢壮观的建筑物，对开的原木双扇大门旁，钉着一块纪念牌，浮雕着梵高严肃的头像，分别以法文、荷兰文与英文写下："文森特·梵高在此建筑内作画，1880—1881。"

透过西奥的关系，梵高结识了正在布鲁塞尔的另一荷兰青年画家安东·凡·拉帕德。凡·拉帕德与一群杰出的艺术家在德瓦斯街八号里拥有一间画室，大家一起切磋绘画。梵高加入了他们的行列。

时过境迁，现今整幢建筑悬挂各色旗帜，成为年轻旅游者的暂歇之所——青年旅舍，命名为"文森特·梵高中心青年旅舍"（jeugdhotel Centre Vincent van Gogh），大门旁挂上纪念牌，旨在提醒行万里路的游子，不妨想一想浪子梵高对生命的执着吧！

再转往南大道（Boulevard du Midi），寻找当时梵高暂时栖身的便宜小旅店。

南大道非常宽敞，车水马龙。布鲁塞尔共有三个火车站，分别为北站、中心站与南站。南站即位于南大道上。火车南站旁有布鲁塞尔城最大的周末市集，从蔬菜、水果、海鲜、肉类，到奶酪、鲜花、布料、杂货应有尽有，价格比平日商店几乎便宜一半。过去，我会搭电车，从城市北边到南边来买菜，就为了节省开支。

根据资料，梵高原本所住的南大道七十二号便宜小旅店，可以望见火车南站。我顺着南大道六十号往下寻找，门牌号至七十号中断，代之以高架公路桥。梵高每日素描、临摹、睡眠的小房间，已变成车来车往、交通繁忙的道路。

◇ 布鲁塞尔德瓦斯街八号墙上的梵高纪念牌（上）
◇ 布鲁塞尔南大道这一长幢建筑物底层，原是梵高租住的廉价旅店，已拆建成陆桥（下）

◇ 布鲁塞尔的圣·卡特琳娜教堂建筑的背后形貌

　　继续寻找一八七八年八月至十一月梵高曾经的足迹。那年，他一心一意祈望达成传布福音的心愿，布鲁塞尔有一所新办的教会培训学校，免学费，学习三个月即可工作。梵高的父亲为了儿子成为传教士的前途，将他送到了布鲁塞尔。

　　教会培训学校原址，位于现今的卡特莱纳广场（Katelijneplein）旁，在史瓦特·利甫福劳街（de Zwarte Lievevrouwstraat）右边。虽然已找不到这所学校，但寻找的过程中，我在寒冷的空气中，经过一家鱼铺，在黄昏的灯光下，被热气腾腾的烟气与胡椒味吸引。

◇ 布鲁塞尔的一座老教堂

与不少行人一样，忍不住买了一盅炖蜗牛汤，拿回车上与唐效共享，回味我在布鲁塞尔时期经常吃的小吃。在布鲁塞尔住过的梵高，也爱过这道纯布鲁塞尔式的小吃吗？若答案肯定的话，他大约一如典型的布鲁塞尔人，喜欢另点一杯白葡萄酒，佐以炖蜗牛汤吧！

梵高在教会培训学校受训三个月期间，虽然学校位于布鲁塞尔城中心，他却在城郊的拉肯（Laeken）区租了一个小房间住宿，租屋应在靠运河纤道中途的一排排房子里。比利时的皇宫花园就在拉肯，偏离中心，却环境优美。旅居比利时期间，我也曾多次漫游拉肯。

因梵高住处不明确，且天色已暗，还要兼程赶路，借汽车行经运河畔，也算点到梵高在拉肯的足迹，我们道别布鲁塞尔往法国驶去。

博里纳日（Borinage）——奎姆（Cuesmes）、瓦姆（Wasmes）

一八七八年，寒风刺骨的十二月二十六日，人们刚刚度过圣诞节，二十五岁的梵高，怀抱拯救贫苦人民心灵的意志，以传教士身份去到比利时邻近法国的山区——博里纳日，暂时住进帕图拉吉村（Paturages），经常四处旅行的推销员凡·德尔·哈耶根的家中。

博里纳日地区是比利时的煤矿山区。十三世纪，博里纳日地区开始开采煤，一七三五年得到发展，之后加上工业革命，十九世纪，博里纳日的煤矿事业达到了巅峰。

博里纳日能获得发展，主要由于格兰－欧努（Grand-Hornu）矿业工厂设在这里的缘故。这矿业工厂是亨利·德·高吉——一位出生在法国的"工业领袖"，于一八一〇年至一八三〇年间所创建。博里纳日的"黄金时期"，在其所属的艾瑙省（Hainaut），延伸发展出钢铁工业和玻璃工业；矿主们聚集居住的孟斯城（Mons），顺理成章地变成了煤矿的贸易中心。

一八七八年，发生阿格拉浦矿坑（Agrappe coalmine）崩坍的大灾难，导致数百人死亡。当时，在博里纳日地区矿脉工作的男人约有三万人，十四岁以下的女童工两千人、男童工两千五百人、十四至十六岁的少女一千名、少男两千名，另外还有三千名妇女。煤矿虽然让资本家致富，矿工每日却至少得工作十二小时，工作危险且工钱很少，仅够勉强糊口。

梵高去到博里纳日的时候，该地区正是许多工人酗酒、生病，以及很多小孩夭折的困顿时期。

一八七八年底至一八八〇年十月，梵高怀着高度的宗教热情，住在博里纳日的瓦姆和奎姆，过着苦行僧般的生活，将自己所有的一切捐赠出来，尽心竭力地帮助穷苦受难的矿工和他们的家庭。他以悲悯的心，与矿工们分担他们内心的抑郁沉闷；他以温暖的手，抚慰他们深受创伤的身体发肤。

一八七八年，中国开始由海关兼办邮政，首次发行邮票，开平矿务局在唐山开平镇正式成立。一八七九年，李鸿章在天津至大沽口开始架设线路首发电报。一八八〇年，李鸿章奏办天津北洋水师学堂、南北洋电报。

西方：一八七八年，德国建成世界第一座水电站；英国慕布里尼在美拍摄马奔跑的动作，首次将照相术用于活动电影。一八七八至一八七九年，英国斯旺和美国爱迪生分别发明炭丝灯。一八七九年，德国冯特在莱比锡大学建立世界上第一个心理实验室，瑞典塔伦制造出磁力仪，美国康诺利发明自动电话交换机，德国在柏林建成世界上第一条电气化铁路，爱迪生发明碳丝白炽灯，开创人类电器照明时代。俄国的斯大林于一八七九年出生。

二〇〇七年六月一日下午四时，唐效与我结束捷克为期七日的旅行，飞到布鲁塞尔，按早先的计划，从机场开车直接前往博里纳日。

进入博里纳日地区，眼见煤山层层叠叠过去，黑色的煤夹杂在绿林间。车过孟斯，转往奎姆，利用汽车导航系统，轻易寻找到帕维龙路（rue du Pavillon），把汽车停了下来。帕维龙路三号梵高的故宅，路口的标识非常清楚。

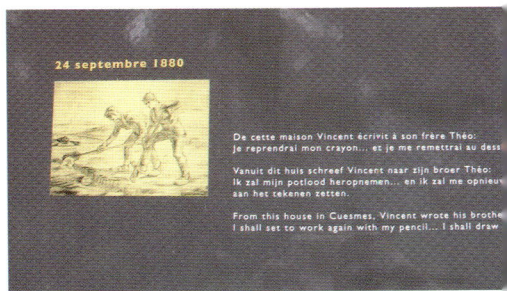

◇ 奎姆梵高故居（左）及纪念牌（右上）。奎姆梵高信息中心（右下）

沿羊肠小道行约一百米，眼前开阔起来。左边一片草地，草地前端沿着左侧竖立了好几个标牌，分别以荷文、法文、英文简述梵高的生平，也连带介绍博里纳日，并附有梵高的照片、素描图，以及博里纳日当年的景致。草地之后，一幢独立的两层楼红瓦红砖小屋，木门紧闭，楼上的窗户却敞开着。窗台上种着一长盆盛开红色花朵的洋海棠花，一只肥胖的猫慵懒地倚着花盆闭目养神。这是马叟·德可鲁克的房子，梵高在博里纳日的最后一年便居住于此。

梵高故居对面，隔着草地、小径，一幢木头与玻璃造成的新建筑，是为观光客搭盖的"梵高信息中心"。由于到达时正是下午五时的关门时刻，我们决定次日再来参观。

信步在四周游走，先仔细地环绕梵高故居一圈，再沿小径往前行走，两旁不再是齐整的草坪，而是杂乱无章却绿意盎然的灌木丛和挺拔的乔木，一条小溪潺潺流经。越过小树林，是一片广袤的田地，乡村小屋落在远远的地平线上。这段景象和梵高当年寄宿于此所见，或许大同小异吧！

生活在恬静的小树林旁，梵高一方面与教会关系破裂，另一方面他重新积极地把素描技巧拾捡起来（素描是梵高自幼的兴趣，有空便会画上几笔）。这段岁月，他主要从米勒的画作里得到灵感，画下一系列劳动百姓的素描。绘画过程中，他感觉自己的生命与生

◇ 格兰－欧努矿业工厂

活都有了新的转机，继而做出成为艺术家的决定，这成为他人生最大的转折点。

趁天尚未黑尽，我们开车转到格兰－欧努矿业工厂前面。从举目所见的大广场与建筑气派、面积庞大的工厂，可以领略到博里纳日曾经拥有的辉煌。工厂高墙外，平房整齐规律地自广场两侧一排一排延展下去，每一间房屋均显得低矮而狭窄，双手伸展出去仿佛就能把屋子抱住了，很容易联想到煤矿工人居屋内部的局促。

在广场上停留好一阵时间，不见什么人走动，一种冷清而无望的感觉逐渐袭来。煤矿工厂早已停产，变成了博物馆。这个僻远的山区，累积着长久以来残余的秩序和贫穷，看不到新兴的希望，只见当年的困窘破败，演变成今日另一种清贫与无奈。

决定继续开车前去瓦姆，寻找梵高的另一处故居。行至山间的瓦姆，很快捕捉到了萧条的景象。车在蜿蜒起伏的道路弯转，根据资料来到半山坡上的威尔森路（rue de Wilson）。在路上来回走过两次，找不到正确门牌号，直到弯进一道拱门，才寻到隐藏在里面的二十二号。

红瓦的农庄，看来颇为宽敞。大门及铁丝围篱紧闭。一只凶猛的大狗见到生人，立即在前院躁动不安地狂吠起来。女主人推门探头说了几句法语，折返屋内，换出笑容可掬、身材微胖的中年男主人，领着满脸好奇的一双儿女走出来。他以生疏的英语解释，梵高从来不曾在这幢房屋居住过，以往也曾有人前来询问，实在是资料的误导。

那么，梵高在瓦姆还住过何处？主人写下了位于史铁·路易斯路（rue Ste Louise）的门牌号，说："这才是梵高住过的正确地址。"

◇ 瓦姆

取了字条千谢万谢，兴奋地重新找寻。汽车在山路上上下下地弯转，沿着山路两侧尽是灰朴、古旧、狭小的老屋。

来到目的地，主人一家正巧要出门，赶紧趋前相问。主人惊奇地摇头道："从不曾听说梵高居住于此。恐怕是有人开玩笑吧！"见我们错愕地愣在一旁，主人把太太、小孩安排进车子里的同时，想了想好心地说："反正顺路，你们的车子就跟随在我车子后头，领你们去和梵高有关联的地方吧！"

尾随着银灰色菲亚特小车，在山间道路穿梭，路虽狭窄却都铺设柏油，并不难开。转了二十分钟，最后哑然失笑，原来把我们领回到格兰－欧努矿业工厂来了。往返格兰－欧努矿业工厂，中间的经历仿佛一出闹剧，让人哭笑不得。

◇ 瓦姆梵高故居

　　天色逐渐灰暗，暂时停止对梵高故居的寻访，按当地人的美食介绍，踏入邻近小镇圣-克利斯兰（Saint-Chrisland）中心的一家意大利餐厅。餐厅装潢极为现代而典雅，室内很深，桌台很多，居然高朋满座，宾客穿戴极为时尚。看来博里纳日地区现今仍有不少中产阶级，并不只有我们先前所见的古旧、贫穷。

　　随后，就近找了一家旅馆歇下。房间很大，整理得也干净，却是墙纸斑驳、床椅衣柜皆老旧，门把一碰就掉。整个晚上，似乎总嗅得到室内散发的发霉气味。在这样的旅馆房间内，我并没感觉不愉快，相反还有些庆幸。想当年梵高的居住环境应该类似这般吧！

　　次日上午，折返奎姆的梵高故居参观。这幢房子的女管理员引领唐效与我进了屋子。二楼有人居住不开放，在楼梯口看见几双大人、

◇ 瓦姆梵高故居斑驳的门

小孩的鞋子。楼下一个房间布置成展览室，挂了些照片、梵高素描的复制品；另一个房间布置成放映室，坐下来观赏了一段历史影片。出门，才发现因为年代久远，门框已倾斜。

说穿了，这幢梵高故居实在没什么值得参观的。进这屋、出这屋，怀想梵高当年的进出，算是一次另一种的纪念形式吧！

去到"梵高信息中心"，室内陈列着一些纪念品，略略把玩一下，顺便和工作人员聊天，说起昨日寻访的经历。金发清丽的比利时女子仔细聆听后，微笑："梵高在瓦姆的故居还在，只是破旧不堪了。想去看的话，我把正确地址写给你们。"边写边说明车行的路线，声音温柔婉约。

完全重复昨日在瓦姆行走的路径，只是越过了威尔森路，离开了房屋稠密的地段，我们突然进入了渺无人烟的田野。沿着山坡梯田开一段路，才又出现两条街道及一些房屋。交叉的路冲上一幢房屋，标示小瓦姆路（rue de Petite Wasmes）二百二十一号，我们赶忙停车。

原属丹尼（J. B. Danis）家的红瓦房屋，看来早已废置。突兀的粉红色外墙、深锁的绿色木门、木条钉死的窗户，油漆皆严重剥落，二楼的窗子无一不破损敞开。大门左侧墙上一块水泥板，雕刻着："1878—1879 荷兰人梵高（1853—1890）的住屋。他曾是传道士，后成为画家。"这块牌子证明了梵高在博里纳日停留的历史。

房门紧闭，推测即使打得开也是危楼，进去不得。怅甚！隔着高耸的围墙，张望不进内院，倒是一棵大核桃树伸出几根枝丫到墙外，长得郁郁葱葱。屋旁与屋后全是麦田，沿着田埂我绕到房屋背后，也看不出更多关于房子的景物。不过，由于房屋建在山坡上，左侧与后方又是空旷的田野，猜想：或许梵高当年常常从楼上凭窗，或站在路旁远眺晨雾与夕照吧！

房屋地处瓦姆僻远一隅，倒是可以推断梵高为了传布福音，每日脚程的艰辛。年轻的梵高为了救赎，曾是多么义无反顾地奉献。最后，却发现对他而言，艺术比宗教更能抚慰灵魂。

梵高故居对街的房门槛上，闲坐着一位中年男子，一条狗百无聊赖地卧在他身边，眼光追随着唐效与我。男人每日望着梵高曾住过的房屋如此颓败，是何心情？想问，终于按捺住了好奇。问了，又如何？倒是询问了这房子会整修否，还是会被拆除。他摇摇头讲，没听说过有什么打算哩！

离开瓦姆，逐渐把层层煤山抛在身后，一座煤山顶上竖立的醒目白色大十字架，也慢慢地自视线中消失。身在博里纳日山区油然升起的压抑心情，跟随着破落景象的远去而浅淡了下来。

汽车重新驶上平地，不久便进入法国境内，四周景物立刻转变，成为令人心喜的迷人色彩。

◇ 瓦姆梵高故居残破不堪

霍赫芬（Hoogeveen），新阿姆斯特丹（Nieuw-Amsterdam）

　　梵高停留在德伦特省的三个月，被荷兰人形容为"夹在海牙时期与纽伦时期之间的三明治"。

　　一八八三年九月十一日，梵高接受绘画好友安东·凡·拉帕德的建议，离开海牙，前往荷兰东北部的省份——德伦特省。凡·拉帕德认为，德伦特的风光吸引了不少画家，有可能成为艺术家群居之处。梵高满怀艺术憧憬地来到德伦特，停在霍赫芬，然后转住新阿姆斯特丹。

　　荷兰全国划分成十二个省份。我在荷兰居住近二十年，其中十一个省份的许多大城小镇都造访过，有些地方还一去再去，而对德伦特省唯一的印象，则是拜访居住在上艾瑟尔省（Overijssel）的一对朋友，他们开车领着进入德伦特省。似乎沿着此省东南边与德国的交界绕了一段，再折回上艾瑟尔省。

　　后来与女友通电话，回忆德伦特经验，她讲："德伦特没意思，我们喝英国茶、逛艺术小村欧特马森（Ootmarsum），都在上艾瑟尔省，你别弄混了哟！"

　　再想想，自己对德伦特确实没特殊感受，在地图上也找不出吸引游览的名胜古迹，有关联的应该只有梵高，记得曾见过他在德伦特画的一幅油画：颜色乌黑的一片煤土之地。

　　因为梵高，德伦特是务必要走一回的，什么时候去？却没有寻访梵高足迹的激动情绪，想的是：反正离家不会太远，开车最多两小时，总有一天去转一圈就是了。

二〇〇九年开年，一月一日早晨，窗外大雾迷离，我却央求唐效趁假期开车带我，走一趟霍赫芬与新阿姆斯特丹。这么多年，在荷兰悠悠闲闲度日，早不去德伦特晚不去德伦特，为什么偏偏挑选这冷飕飕、浓雾迷漫，又不适合拍照的过年日子，非去不可？说不出个所以然来，反正铁了心要去。

依靠汽车导航系统的协助，一小时四十五分钟后，顺利进入了霍赫芬镇正中心，主街因假期商店关门，无人走动，非常冷清。这条最重要的笔直大街，名叫大教堂街（Grote Kerkstraat）。阅读过的资料提及：一八八三年九月，梵高曾在这条大街上阿伯士斯·哈特邵克（Albertus Hartsuiker）家住宿三星期。由于手头材料没有门牌号，便从街头走至街尾，一家一家地探寻。奇怪，没能在任何一家门前找到印记。不死心，回头再走一次，依然痕迹杳然。

◇ 霍赫芬大教堂街

◇ 霍赫芬荷兰新教教堂全貌

　　商家、酒店、咖啡馆全部大门紧闭，又没路人可询问，先将此疑问摆一旁吧！

　　细观大教堂街，前半条街的房屋均为商铺，建筑多已改建成当代形式，仅少许外观保留荷兰建筑原始风貌，而内部均为现代装潢。后半条街是民居，典型的荷兰砖砌两层楼房，迤逦远去，这些房子保留下了时间的刻痕，可是能推回到一百多年前吗？夹在大街中段的雷孟史特朗斯教堂，外观虽具古韵，却是二十世纪中叶的建筑了。

　　行至大街底端，荷兰新教教堂（Hervormde Kerk）建筑物独立且庞大，坐落于大树环绕之中，年代久远，始建于一六五二年；一七六六年内部绘画至一八〇四年完成，保存至今。从教堂外步道往后望去，与教堂横隔一条马路，屋丛中高高拔出一座风车——柯

◇ 霍赫芬柯仁风车

仁风车（Korenmolen），于一八三四年建成。

抚摸着教堂、风车座古老的砖块，我松了口气，终于有种寻到老友的放心。老教堂与老风车在此屹立不移，等待梵高一八八三年的来到，等待今日我的拜访。

当年，梵高除了和我今日一样，曾经仔细绕看新教教堂与柯仁风车，他每回行经大教堂街，目光应该总是盯着它们，一看再看吧！

散不开的浓雾，让昏暗的天色提早到来，只好先放弃继续在霍赫芬探寻梵高踪迹的念头，朝新阿姆斯特丹前进。

离开霍赫芬镇，从镇上运河流经的道路驶过，运河上每隔一百米就搭有一座木桥，几个小女孩在结冻的河面上滑冰，衬托得两岸民宅更加朴素清幽。

汽车经过一座吊桥、一座风车，来到名叫菲诺德与新阿姆斯特丹的双子小村（Veenoord/Nieuw-Amsterdam）。隔着一条设有闸门控制的运河，河的这岸是菲诺德，河的那岸是新阿姆斯特丹。

运河两岸，分别竖立写着荷兰文村名的大标牌。牌子前方几米处，一座吊桥衔接两村。这座可以起降的桥，曾在梵高的一幅水彩画中留下身影。只是他画里的木桥，虽然形貌依旧，却已改换成现代钢铁桥。画中菲诺德村几幢散置的民宅，无影无踪，替代的是一连串的房舍。

从菲诺德村过桥到新阿姆斯特丹村，越过临河马路，右街角一幢黑色屋瓦、白色外墙的独幢两层雅致楼房，便是当年梵高的租屋。为纪念梵高，街名早已改为"梵高街"（Van Goghstraat），梵高街一号即梵高故居。

梵高故居外观宽大，造型典雅，砖墙虽外涂白漆，却在临街的左侧墙壁刻意留出一大块当年所砌的红砖。房屋大门门楣上方、二楼阳台栏杆上，悬挂了一块招牌，写着"梵高之家餐厅"（Restaurant het Van Gogh Huis）。这幢房屋，原先一楼的酒吧，现今布置成为餐厅，二楼仍保留梵高的住房供参观。元旦，餐厅歇业，我们却恰巧与餐厅主人夫妇打了个照面，他们驾驶旅行车过来，开门进屋停留了数分钟，再度锁门离去。我们没能进门参观，把脸庞贴近玻璃窗，张望了一下，看不出所以然。

梵高之家餐厅右侧墙壁，修筑出一条玻璃通道，衔接一幢褐色外观、形状微微内弯的三层弧形新建筑，玻璃大门的门楣，悬挂复制的梵高戴帽自画像，写着"梵高之家"（Het Van Gogh

◇新阿姆斯特丹梵高故居，阳台内就是梵高的房间

Huis），参观梵高故居从这儿进出吧！紧闭的玻璃门上，贴了一张海报，近看是梵高停留此地所绘的田野油画，快速的笔触，粗犷流畅。门前，竖有纪念梵高的画像及铜像。建筑物最右边还有一扇门，门上挂着"文森特大院"（Vincents Hof）的牌子，明显一楼为公共设施，二楼、三楼均为公寓。与梵高毗邻而居，想必是许多梵高迷的心愿吧！

梵高在新阿姆斯特丹租的房位置非常好，视野辽阔：前临运河、小桥；向左凝望，可清楚地看见村口的风车。同一条街，坐落着一幢幢宽敞美丽，带有花园、散发着安详气息的民宅。屋子左侧，临着一条绿树夹道的长径，通向其他村。自房子向右，行五十米，是老火车站与铁轨，一八八三年十二月，梵高从这里搭火车离开德伦特，先去海牙与女友欣分手，然后投奔居住纽伦（Nuenen）的父母。

◇ 梵高 1883 年 11 月水彩阿姆斯特丹的吊桥

离开德伦特之前，十一月底，梵高去了一趟兹韦洛（Zweeloo）村，小村与新阿姆斯特丹相距二十多公里，他意欲拜访德国画家马克斯·利伯曼（1847—1935）和其他同辈画家。十九世纪八十年代，利伯曼画了很多描绘大自然的作品，深受法国巴比松画派和荷兰画家伊斯拉尔斯的影响，客观而抒情。逃避德伦特寒冻清冷的冬天，画家们都离开了，梵高寂寞失落，大约也促成了他离去的决心吧！

趁着最后一丝天光，我们开车继续前往兹韦洛，一路荒凉的田野，偶尔点缀几处农庄，典型的德伦特乡村景色。我望着窗外想着：人烟如此稀疏，身在其中，是否很容易会有被遗忘的认命？

一进兹韦洛村，就被各处散置的芦苇草屋给迷恋住了。布满雾气的暮时，昏黄的室内灯光，从一扇扇窗户透露出来，小小的村庄完美得仿佛仙境。在这里，我很自然地捕捉到一种感觉：大自然与人文艺术，以交换彼此寂寞的方式，结合在一起，散发着特别的气息。

德伦特会有这样的人文风光，简直不可思议。无怪乎画家们会来到这里，也难怪在短暂的停留中，梵高会画下一些素描，并写下这样的文字："进入村庄是如此美丽，巨大的芦苇草顶覆盖屋舍、牛羊、马厩、牛棚。这里的房屋遍布在橡树之间，呈现美丽无比的青铜色。"

中世纪已然存在的兹韦洛小村，有一"公主"的别名。传说，中世纪前期，这里居住过一位公主，她活了四百五十年。兹韦洛小村在村里竖立的地图与简介，叙述了这段故事，也引用了梵高的小村印象字句。纵然梵高仅是匆匆过客，村民还是将他注了册，以他的赞美为傲！

◇ 霍赫芬梵高故居

　　告别德伦特省，回到北布拉邦省的家，我不断想着：梵高迁住新阿姆斯特丹村后，仍多次折返霍赫芬镇领取邮件。两地相距二十六公里，三个月之中，梵高来来回回，为什么霍赫芬完全没有留下一丝与梵高相关的痕迹？而新阿姆斯特丹则仿佛专为梵高才继续存在似的，反差实在够大，不像荷兰人的行事风格，其中必然有什么差错。

　　我重新翻书、上网，寻找各种新的信息，终于揪出了问题的症结。在霍赫芬一份很长的资料文件里，特别为梵高究竟住在哪里，做出了研究报告。

这份研究，采用梵高书信中描述的租房与火车站的距离、房间的大小、有无花园、是否住在阁楼、房间透光的程度等，列出十三项特征，再一一推敲证实：一八八三年九月，梵高待在霍赫芬期间，住的阿伯土斯·哈特邵克家，事实上位于托戴克（Toldijk），即今日佩色街二十四号（Pesserstraat 24），而非大教堂街五十一号——艾伯特·克拉斯·寇斯特（Albert Klaas Koster）的房子。

霍赫芬其实很把梵高当一回事。梵高素描的霍赫芬区墓园也有专论，分析细及远方教堂塔尖的实物对照、画中的树丛，包括那些人的墓碑等，只差土质成分没写出来了。如今，在墓园内立了一块梵高纪念碑。

梵高在书信里写道："我认为霍赫芬，越常绕着她到处走，越发觉得她美，毫无疑问我会住下来。"初来乍到的梵高，看见了小

◇ 霍赫芬梵高故居墙上的纪念牌

镇的美。霍赫芬的人们保留住这段文字，记住梵高对小镇的一段情爱，而不提及他的离去。

二〇〇九年一月二十四日，蓝天晴空，虽然气温趋近零摄氏度，却没有寒冷的萧瑟感。因为不甘心，又重走了一趟霍赫芬。

这次开车直奔佩色街二十四号。一幢白色独幢房屋，外观朴实整洁，三面庭院。面向街道的墙壁，除了两扇窗户，明显镂刻"1883梵高故居"几个字，并浮现梵高的头颅雕像。

这幢梵高曾经寄宿的房屋，位于清幽的住宅群里，现在是个"心理科学学院"。两根门柱，一根书写"梵高故居"，另一根则写"心

◇ 荷兰斯菲德村墓园内梵高纪念牌

116

理科学学院"。梵高生前饱受精神疾病之苦，曾暂住过的房屋之后成为心理研究中心，是巧合或含有刻意的成分？没去深究。总之，实在有趣。

到哪儿去寻找梵高速写的墓地？询问当地旅游服务中心是最便捷的方式，只是汽车在镇中心连绕两圈竟没找到，这时才发现霍赫芬扩展得非常大，逛街购物的人也不少。拦下一位路人讨教，中年男子想了想道："不知梵高画的是哪块墓地？霍赫芬有三处墓地，大教堂街新教教堂后面有几块老墓碑，此外，镇南有两处墓园，隔马路相对很容易找到。想找梵高绘画的地方，他在荷兰斯菲德（Hollandscheveld）画过画，你们也可去那里看一看。祝好运！"挥手道别。

就近先去新教教堂后面，一块铁栏杆围起的草地，角上有两块墓碑。不！这与梵高无关。

驱车至墓园区，马路左侧为新墓区，右侧为老墓区，自然该是老墓区！往老墓园大门走去，门前流动着熟悉浓郁的香气。唐效惊道："蜡梅花！"我往他手指的方向看去，两株蜡梅树夹在一些灌木丛中，开满了黄色的花朵。

多年来唐效与我一直坚信，十多年前我们从成都带种子回荷兰培育，在我们花园中生长出来的蜡梅树，绝对是荷兰唯一的蜡梅树。怎想到寻觅梵高的足迹，竟寻到蜡梅，打破自己营造的神话！两株蜡梅树主干颇粗，必有相当年代。荷兰人也懂得赏蜡梅，这事让我们在难免的怅然情绪中，生出另一份开心来。

墓园很深，找不到梵高纪念碑，也看不见哪一方有教堂尖顶显现。

◇梵高 1883 年 9 月 17 日画的霍赫芬附近荷兰斯菲德村的墓园（上）
◇荷兰斯菲德村墓园内梵高素描的位置（下）

见一老先生拿着毛刷正在清刷墓碑，轻声讨教："先生，可以请问一事吗？"

他抬头，温煦地笑道："问什么？你们可以问这里的任何事，我无所不知。"

听说我们寻找的目标，他毫不犹豫地回答："梵高画的墓地不在这儿，在离这里五公里多的荷兰斯菲德村的墓园。那教堂尖顶上有一把长铁铲。挖坟一定得使用铁铲，不是吗？"他呵呵笑了起来。

问他正在清扫谁的墓碑。

"高祖母的。"他回答得飞快。

三代前的祖先，居然还念着祭奠？他指起四周远远近近的墓碑，开始数将起来：妻子、祖父母、外祖父母、父母、岳父母、舅舅、姨妈、堂姐、表哥……分散埋葬在这墓园里。

"我每星期来整理三次，所以园里哪棵树上住了啄木鸟，我也清楚。"老先生说得稀松平常。

是啊！凡心中挂念着的人，不论尚在人间还是远离尘世，都会去亲近。我寻找梵高不也是同样的心境？！随时仔细去抹拭掉，落在心上的一点尘埃。

荷兰斯菲德村属霍赫芬区政府管辖。汽车很快行驶到了村中的荷兰新教教堂前。一八五一年五月十二日，荷兰新教教堂奠基始建，教堂尖顶上的风向标，果然是一把横置的长铁铲，在蓝天下闪烁着镀金的光芒。

绕出教堂旁边的住宅区，驶入一条林荫路，景色转变为散落的农庄和牧场。一片牧马场后面，一排树丛，树后即是罗列的墓碑。

◇ 新阿姆斯特丹梵高的房东史霍特夫妇（左二、三），邮差（右一）与酒吧工作人员

　　停车走进墓园，在墓园小屋门口正前方，约十米处，在群墓间一棵小树旁，觅见一块黑色大理石碑，上面镂刻着梵高的头像，头像下写着"1883年9月15日梵高在此速写"。头像的线条，勾勒梵高的眼睛，带着神经质睁得大大的。

　　墓地现场，有几家人正在园里，悼念他们的亲人，神态肃穆安详。

　　两者极端的反差，让原本静寂的墓园呈现几许不安的律动。

　　站在纪念碑旁，向村中心方向望去，果然荷兰新教教堂，那细长三角形的教堂尖顶，透过树丛枯枝及辽阔的牧场，远远落在地平线之上，一如梵高的素描。顺便低头巡看墓园，都是二十世纪后的墓碑，梵高画中十字架的坟墓，真正全然复归尘土了。

再次，将车驶上高速公路，半小时后踏进新阿姆斯特丹"梵高之家"的大门。恰是关门的下午四时，负责导览的老先生却热情可感，毫不犹豫决定延迟下班，接待我们。

"梵高之家"大厅，白墙上贴满梵高在荷兰期间绘画历史的海报，内容除了简要文字，还有照片及相关的梵高素描、速写、水彩、油画等作品的复制图。另外，大厅内还摆置了一些可供选购的梵高纪念品。

老先生引领我们，由玻璃通道转至梵高餐厅参观，女主人正在布置晚餐的桌面。餐厅正中央天花板上悬挂着一盏煤气灯，这盏灯映照过梵高饮酒的脸庞，保存至今。

梵高有酗酒的积习，常在房东经营的一楼酒吧畅饮。当年酒吧改变经营方式，成为今日的梵高餐厅。餐厅内，保留原本的一溜老

◇ 新阿姆斯特丹梵高餐厅仍吊着当年的灯

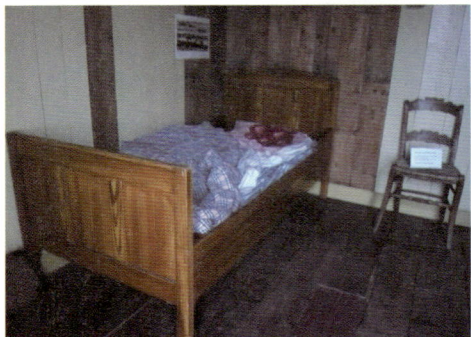

◇ 新阿姆斯特丹梵高故居。通往小阳台的门、大床和椅子，以及日光牌的肥皂

木柜，把它当作隔墙，柜子里储放物品。除了近十张餐桌，空间里仍然保留了吧台，众多的酒盛在不同的玻璃酒瓶中，依序列置。

当年梵高最喜爱、最常饮的烈酒苦艾酒（Absinth），酒精浓度超过百分之六十，至今仍旧生产，被摆在吧台前端的醒目位置。

从吧台隔墙后方的木板楼梯，扶阶上楼，原本有三间卧室，现在只保留住中间梵高的租房，其他作为放映梵高影片的多媒体空间。

眼前，梵高房间的隔板，虽不是原汁原味，但采用了当年的老木板重新钉制。房间门框低矮，应略加小心，弯身进屋才不会打头。

目测房间，就十五六平方米吧！褐红色的宽条地板，还是梵高曾经走来走去的老地板。靠墙一张黄色木头单人床，铺上内装干草的床垫、填塞鹅毛的被子，将我们的思绪领回到过去的年代。这虽并非梵高睡过的床，却考证过是当年的形状。

床脚墙边，一张木架上面放置了洗脸盆，拉开小抽屉，浅浅的小格子里放了三块日光（zonlicht）牌肥皂，两块包裹在印刷品牌的包装纸里，一块裸露着，淡黄色的肥皂上，突出牌子名称的字母，这是梵高时代最通用的清洁用品。木架子下层，另有一个盆子，是净身用的盛水容器。

木床对面墙边，近阳台的门旁，光线十足，摆了张小木桌，上面搁置画笔、画板与油料等，猜想梵高当年如是绘画，地板上散满了他的创作。

书桌与门中间，一个黑色铸铁壁炉安立于墙板前，伸出一条黑长的通气管。当年初冬，梵高以它生火取暖，但后来它的火焰，也吞噬了他存留在房东处的画作。

老先生举起一个藤编小箱子，得意地介绍，是梵高留存下来的遗物。目测，约四十厘米长、二十厘米宽、十厘米厚吧！

梵高离开新阿姆斯特丹时，把装满习作的小箱，交给房主请代为保管，誓言他会再来取回。时隔经年，梵高没有折返。一年冬日，主人把箱子中的画纸，当作引火材料，烧成灰烬，小藤箱子则被丢入阁楼深处。待小藤箱子被清理出来时，梵高已成为家喻户晓的艺术大师了。小藤箱子做工精细，看上去完好无缺，可惜剩下的是空空的篮篓，怎不令人唏嘘！

◇ 梵高房间内的桌子与暖脚炉（左）以及遗留在房间内的藤编小箱子（右）

房间附带的法式小阳台，应该是梵高的最爱吧！打开对开的两扇门，站立在仅容两人的小阳台上，沉浸于湿凉的空气里，梵高俯视近处的运河、吊桥、左前方稍远的风车，眺望远方广阔的林木乡野，自然原始而朴实丰美。

在霍赫芬停留三星期之后，梵高掷下画笔，感慨大自然遭受人为的破损。有人建议："去新阿姆斯特丹吧！那儿有你所期望的纯粹自然！"

梵高背起行囊，走到运河边，跨进航向新阿姆斯特丹的篷船。从霍赫芬航抵新阿姆斯特丹，需要六小时；梵高坐在船头，素描岸边骑马拉纤而行的纤夫、怀抱婴儿的少妇、岸上的农舍、工作的男女……

一八八三年十月二日，船停泊于新阿姆斯特丹的酒吧前。梵高登岸，向酒吧兼旅店主人亨德里克·斯科尔特租房。

亨德里克自一八七六年始，在新阿姆斯特丹经营酒吧和旅店，赚了一些钱。流浪汉模样的梵高，让亨德里克心存忧惧，拒绝出租房间；幸好女主人听说梵高乃牧师之子，苦劝丈夫收留下，不修边幅、形容疲惫、憔悴的梵高，说："牧师的儿子，应该不会是坏人吧！"

如此，梵高在新阿姆斯特丹居住下来，直至十二月四日。两个月期间，他画了许多铅笔素描、水彩画及一些油画。画风以自然风景和劳动者为主，线条充满了力度与动感，油画的色彩，曾经从沉暗转变得略显明朗。

◇ 梵高 1883 年 10 月从霍赫芬到新阿姆斯特丹船上素描骑马的纤夫

统计下来，梵高在新阿姆斯特丹时期，留下了四十三幅大小不等的作品。除了画图，他还勤快地写信给身在巴黎的弟弟西奥，总共写了二十三封信。在荷兰东北角的僻静小村里，梵高奋力经营有朝一日成为知名艺术家的梦想。

　　新阿姆斯特丹村民坚信，梵高因为接获母亲生病的消息，方才不得已离开，否则他将永留小村。事实上，梵高短暂的一生，迁移多达四十多次，天生游子，如何能固守一方？

　　一八八三年，杜兰德·鲁埃尔在伦敦、柏林、鹿特丹举办印象派画展。印象派画家也开始在纽约、波士顿等地崭露头角。不过，梵高尚未感受到这股艺术风潮，仍在自我摸索。

　　一八八三年十二月，侵越法军进攻黑旗军和清军，中法战争爆发；同月，梵高永远告别了德伦特省，回到北布拉邦省。

　　二〇〇九年一月二十四日下午六时，唐效与我在夜幕中，挥别梵高在新阿姆斯特丹的居所，沿着他曾搭乘篷船的运河，开车驶离德伦特，返回同样位于北布拉邦省的家。

纽伦（Nuenen）

首次造访纽伦，不是寻找梵高的足迹，而是去拜访"荷兰爸爸妈妈"。

二十岁时，唐效从中国大陆赴荷兰求学，周末他经常骑自行车，自埃因霍芬城科技大学宿舍到邻近的小城纽伦，去到照顾他的教授家里，他们建立了形同父母与儿子的深厚情谊。

梵高在纽伦时期，曾在埃因霍芬收了几个学生教画。教画期间，

◇ 梵高 1885 年素描埃因霍芬的卡塔丽娜教堂

◇ 纽伦的若斯洞克风车

他每星期从纽伦走去埃因霍芬一次，恰恰与唐效反向而行。游览埃因霍芬时，我亲眼见过城内的卡塔丽娜教堂，也欣赏过梵高素描下的卡塔丽娜教堂双塔尖，印象深刻。

一九九〇年夏天，唐效与我在荷兰中部索斯特（Soest）市政厅公证结婚，仪式结束后，立即开车前往纽伦，接受荷兰爸爸妈妈的祝福。记忆犹新，那天汽车才转进纽伦的交流道不久，梵高作品中出现过的纽伦水车就呈现在马路右侧。惊喜！停车观赏，把画幅从脑海的储存库里调出来，比对一番。真有趣，与梵高如此有缘，结婚的日子他居然来凑上一脚！

近二十年，我们每年至少去纽伦一两次，探望荷兰爸爸妈妈，在幽静住宅的花园里聊天、喝咖啡、吃蛋糕后，有时一起进小城中心的中国餐馆吃晚餐。

一八八三年十二月五日，梵高回到纽伦——他父母当时的家，一直待到一八八五年十一月二十四日才离开，去了比利时安特卫普，从此不曾再返荷兰。纽伦两年时间，除了风流韵事，他也留下了大量创作，包括著名代表作之一的《吃马铃薯的人》。梵高父母居住的牧师屋位于中心，与我们吃饭的餐馆在同一条街上，不过几步路的距离。

第一次领我在纽伦穿来穿去，探访梵高在纽伦足迹的，就是荷兰妈妈阿格尼丝。荷兰妈妈热爱艺术，经常看画展，也会花钱收藏艺术品，包括绘画作品和雕塑。她轻车熟路，介绍每一处：梵高父母的家、屋后梵高的画室、玛戈特·贝格曼的家、小教堂……口不停顿地讲述，当年流传下的梵高故事与相关历史，仿佛讲自家事似的。

她还领我们去相传是梵高与玛戈特约会散步的林荫道。这是一场凄凉的爱情悲剧，三十九岁的玛戈特，爱上了三十一岁的邻居画家梵高，两人陷入热恋，决定结婚，却遭到玛戈特家人的强烈反对。玛戈特自杀明志，获救后被送往乌特烈支城。梵高曾跟西奥告白，他的生命里不能缺少爱情；可是他的爱情道路却坎坷难堪，令我想起他诸多的自画像，神情总是那么严肃，眼光敏感、坚决却又带着孤僻与忧郁。再思及梵高一生，与家人、朋友的关系，猜测若真让他建立一个家，做妻子的怕是十分受苦呢！

一八八四年，朝鲜甲申政变发生。英国科学家 W. 弗赖斯－格林制成第一台电影摄影机。国际子午线会议决定，将英国伦敦格林尼治天文台的子午线定为本初子午线。德国建成沟通北海与波罗的海的基尔运河。英国 L. E. 沃特曼创制出能连续供应墨水的自来水笔。八月，中法马尾海战，法舰突然袭击得逞，福建水师覆没，清廷下诏对法宣战。十月，法军占领基隆炮台，封锁台湾海峡。

一八八五年，德国 C. 本茨研制出三轮汽油机汽车，次年，取得世界上第一个汽车专利。美国 T. 兰斯顿发明单字铸排机。德国曼尼斯曼兄弟发明二辊斜轧穿孔机，生产无缝管材。三月，冯子材于镇南关、谅山大破法军。六月，李鸿章与法使在天津签订《中法新约》，中法战争结束。台湾改建行省，刘铭传为首任巡抚。

◇ 纽伦中心公园里的梵高雕像

一八八四年、一八八五年，梵高在纽伦创作出了一百九十三幅油画、三百一十三张素描、十九张书信里的速写，以及二十五幅水彩画。梵高一生，差不多有八百五十幅油画、八百五十张素描，纽伦时期创作的数量，在他作品总数中占据了重要的位置。

二〇〇九年，梵高逝世一百二十周年纪念。这些年，纽伦将梵高遗留下的足迹，做了很大的完善。当年，纽伦人不理解"怪人"梵高，厌恶并批评他的行径，甚至不欢迎他居住，想方设法逼他离开。及至一九三二年，纽伦却邀请雕塑家希尔多·克洛普，在纽伦人喜爱的老菩提树（从十七世纪存活至今）旁边，创作了纪念碑：一块圆形石盘，周围刻记梵高的生年与逝世年份，石盘正中心竖立起大

◇ 纽伦 1932 年竖立的梵高纪念碑

131

◇ 夏天的纽伦基督教堂

石柱，石柱上雕出散射光芒的太阳，开始缅怀梵高。一九七六年"梵高文件中心"开幕，展示梵高在纽伦两年的生活及绘画状况。

二〇〇九年一月中旬，一个周六的午后，在纽伦，我再度沿着梵高的足迹漫步一回。

"纽伦旅游咨询中心"印送梵高遗迹地图，图上清楚标示了十八处纪念点，我因此重做了最有系统的一次梵高纽伦足迹踏寻。地方政府甚至在每一景点竖立了印刷简短文字说明及相关画作或照片。标牌的立柱还有按钮，按下便自动语音导览，引述梵高书信中的文字，印证实景的历史。

梵高绘画中的纽伦小教堂，隶属基督教，名为基督教堂（Christelijk Kerkje），建于一八二四年，如今尚能看到当年形貌：一片草地、数十棵挺拔的大树，中央辟出一条小径，小径直抵教堂。说明牌竖立的位置，正是当年梵高画《纽伦基督教堂和基督教徒》的地方。标牌上的油画图，教堂明显地立于残留几片树叶的大树间，基督徒穿着御寒的厚衣裳。越过画面，我望向教堂，正值冬季，教堂外的大树光秃秃地立在小雨中，古旧的小基督教堂轮廓特别清晰，除了天气较阴霾，树上少几片叶子，景物几乎是梵高图画的还原。按下语音导览，解说这幅画是梵高为讨好母亲专门画的。一八八二年八月始至一八八五年三月止，梵高的父亲担任这座教堂的牧师。

基督教堂斜对面有一幢芦苇草顶房屋，内即"纽伦旅游咨询中心"及"梵高文件中心"。梵高《贩卖木材》的水彩、黑粉笔画，描绘出售木材的活动，就在这幢房子外的空地上进行，围着不少民众。将图画里背景的房屋，与眼前的房子相对照，屋子结构维持原状，修葺得很好。

"梵高纪念碑"对街，贝赫街（Berg）二十九号，原为"梵高中心"。由于"纽伦旅游咨询中心"及"梵高文件中心"的逐渐完善，"梵高中心"取消，变为一家商店。这幢芦苇草前端加上瓦片屋顶的小砖房，当梵高画它时，屋顶全以芦苇草覆盖。这幢独立的低矮房屋，原本是一位纺织工人的住家，与梵高父母亲戚的房屋在同一条街上，距离大约五十米，梵高经常走到这儿来画画，留下不少作品。

沿着贝赫街南行，相邻的马路左边，是一幢堂皇雄伟的一八七四年建筑，房屋面街的整个砖墙上，悬挂着放大、切割开的梵高油画《吃马铃薯的人》。旁边还张贴有"纽伦梵高别墅"的建筑广告。这幢当年市长的豪宅，准备维持原貌，内部重新整修为现代化的高级宅邸。

◇ 纽伦，梵高曾在里面画纺织工

◇ 纽伦 1874 年建市长官邸，目前墙面装饰梵高《吃马铃薯的人》画作

从这幢宅邸继续走几步，正视马路对面贝赫街二十六号，一个小前院，一幢宽阔的两层楼房，即梵高父母的"牧师宅第"。毗邻的贝赫街二十四号，门楣上写着"努能别墅"（Nune Ville）的大宅院，乃为梵高殉情未遂的女主角——玛戈特的家。

观看梵高父母家与玛戈特家，单从房屋外表来论，两家其实蛮登对的。玛戈特家的说明标牌上，印着年轻时的玛戈特照片，看上去清丽端庄。无怪乎，梵高惋惜命运作弄，晚认识了玛戈特十年。语音导览引述梵高信中向西奥的表白："我们两人真正地相爱。"

奈何这份爱情只是昙花一现，最终屈服于保守的道德观之下。

　　梵高父母的"牧师宅第"，除了两层楼的主建筑，主建筑左后方与玛戈特家相接，有一间小屋。主建筑右侧接邻小巷，后方连接一间小小的砖瓦房，原是洗衣房，后来改为梵高的房间与画室。屋后花园既大又长，现在主要铺设草坪，草地上装置一个滑梯，推论现今屋主家中应有小孩。草地后面一片树丛，树丛间凹下一座池塘。梵高曾经在水畔画下了池子、树木与远方 H. 圣克雷门斯教堂（H.

◇ 纽伦牧师屋——梵高父母的住宅

Clemenskerk）塔尖的素描。他也曾经从现今花园尽头、隔条马路之后的位置，画下林荫路、田野，以及较远处的屋群与教堂。

一八八五年春天，梵高向圣克雷门斯教堂的司事约翰尼斯·史哈弗拉斯，租下教堂旁的房间当作画室。如今，一八七二年建起的教堂，依旧高高矗立，只是梵高挥笔第一张纽伦油画的画室已经不再。梵高喜欢这间画室，这里拥有很好的空间，与父母家有一点距离。

梵高与其双亲爱恨交织，他曾写信给西奥抱怨并自嘲："父母出于本能地希望，我在家像一只毛茸茸的大狗，以它湿润的足走进房间，它是如此多毛，愿意跟随在每个家人后头走动。可惜这只狗吠得太凶，简而言之是只龌龊的动物。但是，这只动物曾经有过人类的经历，虽然是只狗，披着人类的外衣，感受还是不错。它了解人们对它的看法，不同于一般普通的狗。我承认自己是一只生活在他们世界里的狗。"

唉！够造孽，梵高住在纽伦父母宽敞的家里，竟觉得比居住在德伦特省期间更加寂寞。

黑夜逐渐往纽伦笼罩过来，争取时间看遍与梵高有关系的标点，开车经过贯穿整个小城南北的贝赫街，往郊区行去。

贝赫街北端仍保留下"雅可布斯·贝赫曼的房子"（Jacobus Begemann's House）。这里原是一家纺织作坊，梵高经常自小城中心，走一段路来此，素描工作中的纺织工人。他曾装饰过这房子里面的一扇门，可惜这扇门不见了。一八八五年十一月，梵高离开纽伦，曾把许多素描和油画存放于此。

再往北开车约一百米，出现广阔的牧场，若斯洞克风车（De

◇ 纽伦牧师屋后院的水塘实景（左上）
◇ 梵高 1884 年 3 月素描纽伦牧师屋后院的池塘（右上）
◇ 纽伦牧师屋建筑背面（左下）
◇ 梵高 1885 年 10 月油画纽伦牧师屋（右下）

Roosdonck）在灰暗的暮色中，亮起昏黄的灯光。风车的风叶静止，四周绿色的牧草上点缀着牛羊，一幢小小、白色的楼房，默默依偎着风车。这座风车建于一八八四年，梵高目睹了它兴建的过程。若斯洞克风车在他的素描画中出现过七次。

继续北行约两百米，马路分岔呈 Y 字形。左转的小径是德·莱特路（De rijt）。行约二十米，右边一幢独立的芦草顶屋，原属纺织工人彼得·迭克斯的家。房子于一九八三年新建，不论是房屋本身，还是花园，都显得宽敞舒适。原来房子的形貌，必须在梵高一八八四年的油画《纺织工，从前面看过去》中，才可追忆与想象了。画中，彼得·迭克斯坐在纺织机后方，打他左手边的窗户还望得见若斯洞克风车哩！

汽车转回主路，向 Y 字形右边马路——海尔文斯街（gerwenseweg）行去，很快看见右手边，一幢小小的孤立砖房，被保护在大草坪和上锁的铸铁围栏中间。房子在二战之后，已经改变了很多。它原是灰色小屋，住着农人德·赫洛特一家。梵高经常步行到这里，画了许多德·赫洛特家人肖像与手部素描的练习，而后，第一张《吃马铃薯的人》素描，就在这里诞生。梵高决定将《吃马铃薯的人》素描绘成油画，多次尝试都没能达到追求的效果，最后他想起德拉克瓦曾说过的话：“最好的画是利用记忆默画出来的。”于是在画室中，按脑中记忆的形象与情景挥洒，终于衍生出至今依旧脍炙人口的《吃马铃薯的人》油画。

德·赫洛特一家五口，皮肤黧黑，五官轮廓突出，正是梵高喜爱的劳动人民形象。他常以他们为模特儿画素描。梵高与德·赫洛

◇ 纽伦德·莱特路上纺织工人的房屋，1983 年新建

特一家相处融洽，正因感受到他们种马铃薯、挖马铃薯、卖马铃薯、吃马铃薯的氛围，梵高才会绘出《吃马铃薯的人》这样充满灵魂的杰作。谣传，梵高引诱德·赫洛特家十七岁的小女儿怀了身孕，事实不然。但这个传闻杀伤力太大，逼得梵高只能选择离开纽伦。

　　继续沿海尔文斯街行驶，进入海尔文村（Gerwen），天色已完全黑暗下来。圣·克雷门教堂（St. Clemenschurch）位于这个教会小村中心，教堂建筑在四周暖暖灯光的投射衬托下，显得恳切温馨。教堂历史久远，建于十五世纪。梵高拎着画具、纸张，自纽伦步行至此，从侧面画下了教堂的素描。

"老塔"（Old　Tower），于一八八五年倒塌成为废墟。梵高以老塔为主题，画了好几幅油画和素描。他还曾经在海尔文村牧师家花园里，从另一个角度描绘老塔。

　　一八八四年，梵高画了一幅老塔，当时塔尚未崩塌，塔尖顶着公鸡与十字架，矗立于空旷的田野中间。老塔左边是墓地，平行延伸过去是一匹马与一位农夫耕作的背影。土地是褐色的，教堂是褐色的，坟场众多的十字架是深褐色的，天空虽有一丝青蓝与大朵白云，黑褐油彩底色却掩盖不住，不断从粗犷的笔触中透露出来，使得天空变得十分诡异。画面弥漫着令人喘不过气的意象——这个世界是如此地悲苦苍凉。

◇ 纽伦吃马铃薯人家的房子，二战后改变很多

当然，也记得老塔残破后梵高的油画：废塔、墓地的十字架、飞翔的鸟群，均是黑褐色调，更增压抑的气氛。生死仅一线之隔。

依据地图，明明到了老塔所在地，却什么也看不见。绕了几圈，终于望见标识牌。老塔荡然无存，黑暗中隐约看出树丛中圈围了一块荒地。梵高当年画老塔的沉重，依然幽幽压抑。

凭吊了一会儿，唏嘘了一阵子，开车转向高速公路。再次结束纽伦之行，再度告别农民、工人画家时期的梵高。

安特卫普 (Antwerp)

拜访比利时安特卫普，许多人为钻石，或是为鲁本斯。

安特卫普曾是世界第一大海港，现仍为欧洲重要的自由贸易商港，以及欧洲最大的装饰钻石切割中心。

十六世纪时，安特卫普曾因宗教纠纷而经济萧条，但十七世纪前期经济复苏，富豪纷纷在此兴建商店、宅邸。出生于安特卫普的巴洛克画派巨擘鲁本斯，获得雄厚的财力支持，在画坛上大放异彩。

我曾为爱恋钻石的璀璨来到安特卫普，看一袋又一袋光芒射目的大大小小的钻石，放置在眼前，意乱神迷。曾造访"鲁本斯之家"——鲁本斯到处借贷，花了五年时间方才建成的豪宅。走在那曾是上流

◇ 安特卫普的建筑

◇梵高 1885 年 12 月素描安特卫普 OLV 天主教堂塔尖
◇安特卫普 OLV 天主教堂，这是市中心地标

阶层宴会的大厅、巨大画室、餐厅、画廊等空间里，参观建筑设计
与他的许多传世作品。还多次在城里的大街小巷流连、在港口俯瞰
海景、在大广场欣赏喷水池和消灭残忍巨人的英雄布拉弗的高大雕
像，甚至游逛动物园……但二〇〇九年一月三十一日，再进安特卫普，
却专为梵高而来。

　　过荷兰边境，开车二十九公里便到安特卫普。经过城市壮观
的货柜码头，沿气氛浪漫的港口走一段，再在城市光彩热闹的
大街小巷里穿梭，时而与电车相错而过，来到了布尔德街（de
Blindestraat）。

144

一块水泥广场，一条铺砖的路道正指向一幢两层楼的白色建筑物，古希腊建筑形式，下面圆拱形的门廊铁门紧锁，楼顶三角形的墙面写着"学院"二字。这就是孕育出许多艺术家的安特卫普皇家艺术学院（Koninklijke Academie van Beeldende Kunsten）。

　　从铁门空隙与门两旁铁栏杆向里望，庭院内林木郁郁葱葱，夹立了几座雕塑。园地旁边与后面均是建筑物，只是不知深几许。资料记载艺术学院地址为布尔德街三十一号。我仔细核对，应是穆特撒耶尔特街（Mutsaertstraat）三十一号才正确。布尔德街是学校的邻街，在这条街上我看见学校正在兴建中的校舍，也看见不少私人画室，街对面有一家画具店。显然，许多艺术家和学生都生活在这左近，形成一个属于艺术的特殊生态环境。

◇ 安特卫普皇家艺术学院内的花园与建筑

◇ 安特卫普皇家艺术学院大门

　　梵高到安特卫普，不是为钻石，而是抱定成为一个好画家的志气而来——奠定坚实的学院基础。

　　一八八六年一月十八日，梵高于安特卫普皇家艺术学院注册，成为一八八五至一八八六年冬季班古董系的学生。进入学院，是他在六年反学院绘画（自我从生活出发的绘画）后，重新思考的抉择，为自己弥补上传统正规绘画教育的空白。

　　梵高在美院里，白天画模特儿，晚上画古典石膏像，他勤练素描，也画油画。深受美术馆内大师的作品以及日本浮世绘版画的影响，加上生活环境的转变——自宁静乡野来到灯红酒绿的热闹都会，梵高绘画的色彩，由凝重开始明亮起来。

　　梵高希望在美院多学习，事实上他的拼命只持续了两个月。不

◇ 安特卫普城内引人注目的红砖建筑

肯墨守成规、不肯向传统妥协的性格，很快展露出来。留在美院对他、对教师都是痛苦的折磨。终于，他选择离开美院教育，重新拾起自由无拘、自我成长的绘画方式。

虽然在安特卫普只停留了近四个月，美院教育失败，梵高却非常享受这个城市带给他的思考和创作欲望。

安特卫普瑰宝之一的绘画大师鲁本斯，自然是梵高学习的典范。梵高在繁忙蓬勃的大城里，一次又一次走进美术馆，主要浏览鲁本斯和其他安特卫普画家的人物肖像画。梵高一直对"人"，尤其是贡献劳动力的人情有独钟，从以绘画为志业开始，他就努力以画笔表现这些人纯真善良的容貌与灵魂。如今，在城市里接触更多类型的劳动者，刺激他以更深的激情，去捕捉自己绘画的题材。

◇ 安特卫普梵高故居是一幢三层楼红砖房

驱车离开铁门紧锁、铁栏紧围的皇家艺术学院，心中明白：圈围住的美院教育有一定的意义与成效，但卓越的艺术灵魂，必定会在某一时刻破茧而出。

继续开车，在城市里寻找梵高的故居。

穿过一大片土耳其、摩洛哥人聚居的地段，虽然是星期日，商铺依旧开门（通常一般的商店星期日不开店），人来人往好不热闹。

如愿找到朗·贝亚德肯斯街（de Lange Beeldekensstraat），房屋夹道，街道狭窄。从来来往往的行人与汽车判断，梵高故居一带也是土耳其、摩洛哥人聚集之处。不过，梵高停留在安特卫普的时期，比利时尚未引进大批的土耳其、摩洛哥劳工。

朗·贝亚德肯斯街二百二十四号，被夹在一长条紧紧相挨、均为三层楼的房屋中间。大门正上方，砖墙上钉了个水泥牌子，浮雕着"文森特·梵高曾工作和居住于此，从一八八五年十一月底至一八八六年二月底"的荷兰文。当年出租房子给梵高的主人布朗代尔，是一位推销员。

这幢褐红色老旧砖房，门面不宽，窗框油漆斑斑驳驳，显然外墙重修过，砖色较新且完好无缺。底楼褐色大门紧闭，两扇窗户上严密的遮光铝帘拉下。一楼的三扇窗户，绿色窗帘紧拉。二楼三扇高度略低的窗户，也严严实实地拉上白色窗帘，但其中一扇窗向外稍稍推开一些。被打开的窗玻璃破了一块，用一张广告纸暂时贴起来。

梵高当年是住在这二楼上吧?! 从房子的维修状况猜测，现今的主人，要不是经济状况较拮据，就是有些名士派作风。这与当年靠弟弟经济支持，又节省生活费购买绘画用品的贫穷梵高，倒是相互辉映。

梵高在安特卫普期间，曾写信给西奥，描述他牙齿掉得越来越多，看起来像四十多岁的人，让他很焦急。又说，自己抽烟太多，主要为了不强烈地感到饥饿。为了艺术追求，梵高是一位精神上的富人，生活上的穷人。

一八八五年十一月二十四日，梵高来到安特卫普，一八八六年三月离开，搭火车前去巴黎。他曾对弟弟西奥说，有一天他还要再回这座城市来。

他的这个愿望，没有实现。

巴黎 (Pairs)

二〇〇九年二月一日清晨，睁开眼，跳下床拉开窗帘，一片白雪覆盖的宽广田原，几辆大卡车正小心谨慎地慢慢转弯，准备驶上高速公路。这是巴黎北面约二十公里处，高速公路旁的一家汽车旅馆，昨夜暂宿于此。

这日天气糟糕透了，时而飘雪，时而大雨，车队缓缓行进，塞车严重。不免抱怨：多年没进巴黎，巴黎居然以如此方式迎接，实非待客之道。唉！谁叫我为了梵高，唐效为了妻子，只好各自苦笑隐忍啦！

巴黎城内马路纵横交错，极为复杂，连我们那平日辨识力很强

◇ 梵高 1887 年 4—6 月创作的油画《雷皮克路房间的窗景》，画的是从巴黎雷皮克路五十四号窗口眺望圣母院的尖塔。现藏于梵高美术馆

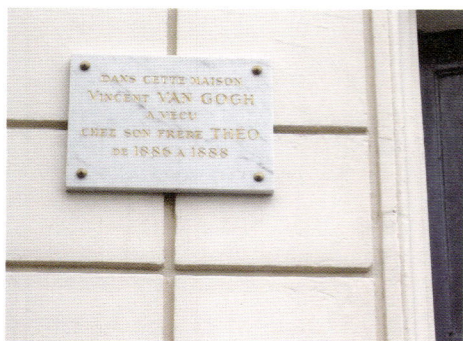

◇巴黎雷皮克路五十四号梵高故居（五层楼建筑）（上）及梵高故居纪念牌（下）

的汽车导航系统，都时不时出现混淆，不知何去何从，绕了不少冤枉路。

感觉汽车一直上坡，第一站来到雷皮克路（Rue Lepic）五十四号前。踏出汽车，坡度颇大的道路，堆积着一层三四厘米厚的雪，有的地方则是一层薄冰，举步维艰，加上天上又落雨，在雨中的冰雪地上探看梵高故居并拍照，狼狈不堪。

一八八六年六月，梵高与西奥两兄弟，在位于蒙马特区的公寓——雷皮克路五十四号租房居住。这是一幢邻街的五层大楼房，每层楼各有四扇窗，十分宽大。梵高兄弟租用的三楼，拥有一间客厅、两个大房间、一个小房间和一间厨房。西奥住其中的一个大房间，梵高则选住小房间，把另一个大房间当作画室。

公寓对开的蓝色大门旁，钉着一块有灰色纹路的浅灰白色大理石牌子，牌子上以金色法文镌刻："1886—1888文森特·梵高和他的弟弟西奥曾住于此幢公寓。"公寓里，曾经聚集许多后来闻名当年则激进的艺术家，如鲁索、塞尚、高更、罗特列克、秀拉、毕沙罗、贝纳等，他们在此高谈阔论。

拍照中，先看见一位中年妇人，手拿着观光指南来到门口，抬头仰望数分钟后离去。不一会儿，见到一对年轻人，也来到了雷皮克路五十四号，站在门口，女子撑伞替拍照的男子挡雨。不多时，又过来一位骑自行车的男士……

在纽伦，我曾看见一个三十多人的团体，在导游的引领下，沿梵高的足迹行走；在奥维的墓园，见过凭吊梵高兄弟的旅人。如今在巴黎，不管天气多恶劣，我不断看见把梵高放在心里的不相干的人们，寻觅着这位画家的曾经。这就是梵高艺术留下的魅力吧！

汽车沿雷皮克路坡道往上，顺着右转，很快来到七十五号，著名的历史古迹"煎饼风车磨坊"（le Moulin de la Galette）。

"煎饼风车磨坊"原本有两个磨坊。"布鲁特－芬"（Blute-fin）建造于一六六一年，"惹迭特"建造于一七一七年，一八九五年才合称"煎饼风车磨坊"。梵高曾经画过这座磨坊，只是当时尚未称其为"煎饼风车磨坊"。

一八〇九年，德布雷（Debray）家族开始在此生产小黑麦面包，此家族以抵抗普鲁士人、捍卫法国而被尊为英雄。

一八七〇年，查理－尼古拉斯·德布雷（Charles-Nicolas Debray）将磨坊改建，变成当时巴黎社交圈声名大噪的舞厅。我们

◇ 巴黎著名的"煎饼风车磨坊"

◇ 梵高 1886 年夏天油画巴黎

可以从雷诺《煎饼磨坊的舞会》的油画中，看出那段岁月的热闹盛景和风情。

后来，此地曾变为电视台摄影棚，于二十世纪八十年代，成为餐厅延续至今。

我先是沿路平视张望，哪来的风车？倒是对街有一家名为风车的咖啡馆，招牌上画了一座风车。可是纪念牌上写得明明白白，风车还在的。正犹疑，猛一抬头，哑然失笑，写着"煎饼风车磨坊"的拱门，门里面栽满植物的高坡上便挺立着风车，黄色原木结构的

◇ 巴黎克利榭大道六十二号，梵高曾在此办画展

风车，被半遮半掩在高大树木的枝丫间，别有一番韵致。

弯转下蒙马特的山坡，来到克利榭街（Avenue de Clichy）四十三号，这里曾是夏烈特餐厅（Restaurant du Chalet）。一八八七年十一月，梵高在此举办了他自己、贝纳、罗特列克和安奎汀的联合画展。画展期间，贝纳与安奎汀分别卖出了他们的第一幅画，梵高则结识了前来参观的高更，彼此交换画作及艺术见解，奠立下了日后震撼后世的"割耳情仇"。

夏烈特餐厅不再，代之以蒙诺普莱斯（Monoprix）超级市场，人来人往十分热闹。

折转至壮丽的克利榭大道（Boulevard de Clichy），这条大道旅游者莫不知晓，著名的红磨坊（Moulin Rouge）即坐落于八十八号。游览巴黎若不进红磨坊，仿佛就欠缺了属于巴黎的撩人夜晚。

克利榭大道一百○四号，与红磨坊相隔不过数幢大楼，梵高曾在此习画。一百○四号铁门紧锁，透过铸铁镂空的铁门望进去，内院深深。画家费尔南·科尔蒙的画室，不知躲在哪个角落。梵高在此练习画裸体模特儿与古典石膏像，认识了贝纳、罗特列克、安奎汀等人，建立了友谊，彼此影响。

克利榭大道六十二号，是一幢庄重严肃的六层大厦，灰色水泥外墙，黑色屋顶。原来底层临街的店面，是一家兼带表演歌舞的餐厅，名叫"长鼓歌舞餐厅"（Carabet- Restaurant le Tambourin）。梵高停留巴黎期间，也曾在此筹办过画展。如今，

◇ 巴黎克利榭街四十三号，梵高办画展的地方，现为蒙诺普莱斯超市

◇ 巴黎克劳罗尔路十四号唐基老爹画具店

歌舞表演餐厅消失，代之以一家名为"性O！"（Sex O！）的商店。大铁门严密地拉下，不知内容。

汽车开到维克多·马谢路（Rue Victor Massé）。街道狭窄，我在湿漉漉冰滑的街道上，躲着车辆，小心翼翼地移步。皮鞋底平易滑，生怕摔跤，翻过手腕把相机握得特别紧，以防摔跤，不致损失珍贵的相机（得继续拍摄照片）。找到目标，外套已全湿了。这是一幢典型的巴黎公寓，一扇大门进去，六层楼房，每一层楼面街都开有窗户，窗外围着低矮的镂花铸铁栏杆。

维克多·马谢路二十五号，狭窄地夹在两边大楼间，显得有点局促。门前放着垃圾桶，挡住一半门面，深绿色的门，暗淡得寒酸。

◇ 巴黎克苏罗尔路十四号唐基老爹画具店纪念牌

　　虽进不了门，推断公寓不可能宽敞。梵高来到巴黎，先与西奥挤在
拉法尔街（Rue de Laval）一处小公寓，仅有一房一厅及一个小厨房。
地址不清，憾甚！之后，搬家至维克多·马谢路，住了很短一段时间，
最后搬入明亮宽敞的雷皮克路五十四号。

　　维克多·马谢路二十五号往前走几家就是街口，街口十字路右角
凹进去一块小广场，广场右边有一幢有别于四周高楼的小洋楼，房屋
外围装饰偌大的彩色铅玻璃画，既艺术又醒目。屋旁有一条专用车道，
镂花铸铁大门紧闭。车道另一侧有一间木架小屋，走进细看，墙上钉
着一块牌子，说明："法国著名导演与作家让·雷诺阿的故居。"印
象派大师皮埃尔·奥古斯特·雷诺阿（Pierre Auguste Renoir,

1841—1919）是他的父亲。

让·雷诺阿曾写过父亲的传记。一生光彩庇及后代的雷诺阿，与中年陨落的苦行僧梵高，在此条街上，一小箭步之距的历史痕迹中，显露出人生际遇的天壤之别。站立在雨中的广场，顿觉雨湿若泪，无可奈何。

汽车导航系统居然不认克劳罗尔路（Rue Clauzel）十四号，唐效问我要不要放弃找寻，我咬咬牙："还是走一趟吧，了个心愿！"

高更把梵高领到克劳罗尔路十四号，介绍他认识唐基老爹（Père Tanguy）。这里是唐基老爹开设的画具店。

梵高画过三张唐基老爹的肖像。印象最深的一幅是：唐基老爹戴着宽边草帽，着黄绿色衬衫、紫蓝色双排扣外套及褐红色长裤，双手安静地握在身前。唐基老爹坐在挂满日本浮世绘版画的背景之

◇ 1860 年巴黎古伯画廊内部一瞥

前，圆圆胖胖蓄着短髭的脸，蓝色的眼睛流露出温和亲切的眼神，薄薄的嘴唇带着淡淡的笑容。从画中形貌推测，唐基老爹是一位矮胖和气的好好先生。

梵高的画，常常包含很多象征意义。这张画以浮世绘为背景，或许，除了梵高迷恋浮世绘版画，唐基老爹也是此中的热爱者。唐基老爹头上正后方的富士雪山，象征唐基老爹高尚的人格吧！画里，梵高采用了点画派的笔法，色彩鲜艳，可能是象征唐基老爹对年轻激进画家的热情与支持。

唐基老爹是一位善良心肠、热爱艺术的人，他特别欣赏生活刻苦朴素的梵高，常常给梵高分享简单的食物，赊画具颜料给他。他把梵高的画，悬挂在画具店的橱窗里。

读唐基老爹的各种故事，对这位看似平凡其实不凡的画店主人，产生了深切的敬意。走一趟克劳罗尔路，不单为梵高，也为唐基老爹。

唐效把车暂停于克劳罗尔路口，我走路按照门牌号搜寻过去。哈！十四号明明白白地写在门边，看来汽车导航系统虽然好用，但仍有严重盲点。门楣上，大理石牌子金字镂刻着法文，意思是："这里是唐基老爹的画具店，安奎汀、贝纳、塞尚、高更、吉劳明、雷诺阿、鲁索、罗特列克与梵高在此相遇。"

画具店已不存在了，罗特列克为唐基老爹油漆的蓝色大门，如今也改漆成黑绿色，但是，从门右边墙上悬挂的两块牌子，知道房子现在是"唐基老爹协会"所在地，以及一位心理医师的诊所。好心肠的唐基老爹，伴随着现代绘画大师们的作品，以及他们的传记而不朽。

再将汽车开到堂皇的蒙马特大道（Boulevard Montmartre）。从双号数的街道，跨过宽阔、植了树、立了路灯的安全岛，来到单号数的街道。

蒙马特大道五号，乃巴黎古伯画廊旧址。梵高与西奥都曾在此工作，担任艺术经纪人。

原本这儿是布置古典、到处放置与挂满艺术品的著名画廊，如今建筑物虽在，但大门及门面已经改变，成为现代化的大片玻璃。玻璃门内是留白的空间与电梯间。这幢建筑应是高级公寓或是办公大楼。隔壁七号法利叶特剧院（Theatre des Varietes）倒是竖立着历史古迹标识。

整日依循梵高足迹而行，转来转去，花了很长时间，却没有走出蒙马特区的范围。

以前，我多次造访巴黎，来到蒙马特，总是坐在白教堂的石阶上，安安静静地俯瞰巴黎市景；或在白教堂后面的广场走动，观看街头艺术家作画。从没像这次，如此深入蒙马特的心脏，偶然从几处街角望见圣心白教堂顶的一小部分，反而没看到拜占庭风格、优雅美丽圣心堂的完整正面。

返回荷兰，同事听说唐效陪我去巴黎踏寻了梵高的足迹，羡慕地问道："你一定看到许多事物，也学习到了许多吧?!"唐效苦笑着回答："什么也没看见。我纯粹当司机，只坐在车里，紧张地注意躲避交通警察。"

巴黎不论大小马路，路旁都停满一排一排的汽车，车与车的头尾紧密相接。缺乏停车位，巴黎人早已练就一身超级停车功夫，一个小小的路边空间，他们总能想方设法，把前面的车顶一顶、后面的车撞一撞，挤出一个容下自己车身的位置来。在巴黎环看周围的汽车，几乎都有被撞过的痕迹，惨不忍睹。

寻不到停车位，唐效只好坚守车内，避开警察，双排停车。一日下来，神经紧张、腰酸背痛，对美味的法国晚餐都失去了胃口。他的牺牲，换得我在巴黎收集梵高脚印的丰收，代价也算值得吧!

一八八六年三月，梵高省钱搭"霸王火车"来到巴黎，一八八八年二月十九日，离开前往阿尔勒。

一八八六年，象征主义艺术流派开始在法国出现。一八八七年，越南安世农民起义。一八八八年，法国工人作曲家 P．狄盖特为《国际歌》谱曲，奥地利科学家 F．赖尼彻尔发现液晶。

居住巴黎短短两年，梵高却遇上了印象派发光、新印象派崛起的辉煌岁月。当他一脚踏上巴黎的土地时，事实上他已经来到了现代艺术的核心。

梵高的艺术道路虽然艰辛，但从另一个角度来看，则是极其幸运的——生长在一个美好的艺术时代。

巴黎，给梵高足够的艺术精神养分与技巧的熏陶，两年间他继续画了两百多幅作品，然后接受了罗特列克的建议，脑子里携带足够的艺术存粮，一路往法国南部阿尔勒奔去，到那儿，开始尽情地将自己的绘画风格，挥洒出来。

一如梵高从巴黎南下，唐效与我这日亦在余晖中，离开巴黎南行，只是没远到阿尔勒，而是停在沙特尔城（Chartre）。

阿尔勒璀璨的阳光与古朴的景致，带给梵高惊喜，画风因此大变。白雪皑皑中的沙特尔古城，也带给我意外的惊喜。次晨，虽是摄氏零下的寒冻天气，我从上午九时三十分开始徒步逛城，停不下脚来，只觉风光处处，目不暇接，美不胜收，流露历史痕迹的中世纪建筑物，与大自然的结合，几乎达到完美的地步。以数字相机拍摄了 4 个 G 的照片，用光了两个电池，直至傍晚五时多，天色逐渐阴暗下来，方才折返旅馆。

坐在旅馆房间窗边，透过玻璃窗，我继续眼不离景地，欣赏飘雪中古城迷蒙诱人的夜色。

就在这一瞬间，我知道，自己更加接近梵高心中真正的艺术。

阿尔勒（Arles），圣雷米（St. Rémy）

一八八八年二月，梵高听从画家朋友土鲁兹·罗特列克（Toulouse-Lautrec）的建议，从巴黎前往法国南部的普罗旺斯省，在阿尔勒停下来。

在阿尔勒这块土地上，他得到了自身绘画中重要的元素："光"与"太阳"。它们给予了他在艺术表现上的炽热生命力，让他创作出两百多幅油画、一百多幅素描，还写出了约两百封信，其中有些信附带动人的草图。

我曾在荷兰代芬特尔城（Deventer）一年一度的旧书市，以一百五十欧元购买下一套三巨册梵高书信的英译第一版，里面跟随信件文字，附贴的所有草图，纸张精美、印刷细致，每次翻看总是爱不释手。

一八八八年，美国发明家爱迪生、英国迪克森，创制光学留声机成功。德国科学家赫兹，发表《论动电效应的传播速度》，实验报告验证了电磁波的存在。美国尹斯曼公司（现尹斯曼－科达公司），开始制作照相胶片和胶卷。中国则是清朝德宗皇帝光绪年间，慈禧太后垂帘听政（1861—1889），至一八八九年慈禧归权，光绪亲政。一八八八年二月，英军侵略西藏。十月，康有为《上清帝第一书》主张变法，未达。十二月，北洋海军建成，以丁汝昌为提督。

一九九九年，一个夏日，我踏进了普罗旺斯的阿尔勒小城，在黄房子遗址旁的咖啡店，点了一客冰淇淋，坐在广场边的树下，远望城边隆河畔的断壁残垣。

◇梵高的黄房子已是陈年旧事（左）
◇阿尔勒的街景（右）

脑海中，梵高描绘黄房子外观与内部的几幅油画，清晰地一一呈现了出来。那些充满情愫的线条与色彩，洋溢着艺术家创作过程的喜悦。

那时的黄房子，里里外外曾因梵高艺术表现的激情而生气勃勃；也曾因梵高与高更彼此间的情仇，而留下梵高割耳血迹斑斑的憾恨。如今，黄房子杳然无踪，只留枉然的追忆。

路过一座博物馆，进去了，收藏并不精彩。转过一个小斗兽场，古罗马人好大喜功、斗狠勇猛的腥膻，似乎仍旧残留少许在空气里。走过一条艺术家小街，一小家挨着一小家的工作坊，陈列着创作者的成品。一如梵高，一批又一批追求艺术生命的创作者，来到了阿尔勒，希望曾经孕育梵高灵感的艺术泉源，同样能灌溉他们、成就他们。希望、期盼的意念，在小街上不断地流动。

走到梵高、高更画作中的咖啡馆前停留。不少游客安坐在这里，喝杯咖啡或饮一杯红酒，享受梵高画中曾经出现过的场景。是的，经过一百年，或许中途曾经变化过模样，可是现今，眼前的一切，似乎回到了梵高在阿尔勒的当年。

可惜由于必须赶路，无法在这里停留到夜阑时刻。我多么渴望，就在阿尔勒，就在这咖啡馆昏黄的灯光下，仰望星光灿烂的普鲁士蓝色夜空，那种大自然永恒的美丽，曾经假借梵高的画笔，触动了我心底最深处的赞叹！

阳光很好，综观目下的整个阿尔勒城，静美中吐露着法国南方的纯朴与土气，所以梵高对它的感情很容易理解，而高更对它的疏离也不难体会。

◇ 圣雷米疗养院

　　梵高满怀对阳光的憧憬与绘画创作的热情来到阿尔勒，高更却是基于经济的妥协，带着为艺术牺牲的悲壮勉强而来，而我，一个艺术喜好者，在一百年之后循着他们的足迹，前来凭吊。法国小城阿尔勒也就因此，在原本应是过眼烟云的人生际会里，增添了神话色彩。

　　离开阿尔勒，紧接着驱车前往相距二十五公里的圣雷米。

　　坐在车上，假想自己是当年被送往圣雷米疗养院的梵高，备受精神疾病的折磨，心境应该是极度的矛盾。或许在医生的陪同下，乘坐马车的一路上，他静默望着车外飞逝的景物，一边抑郁地担心，自己从此沉沦不起；一边又期待，疗养能协助自己，再次站立起来。

走进疗养院大门，柏油步道边临着高约二尺的院墙，花圃种植着一长溜鸢尾花。不是花期，看不见紫色的鸢尾花，但是，梵高油画中翻飞的紫色鸢尾花，立刻从脑海中跳了出来，一朵朵点缀在眼前丛生的绿色长叶上，鲜艳动人。

走近建筑物，悬挂行人止步的图示，没机会参观梵高画中曾出现的建筑部分，以及他所爱恋的充满绿意的花园。

疗养院一片静寂，仿若无人，可是又感觉有一些人隐藏在深处，小心翼翼地压抑着他们的喘息。

◇ 阿尔勒老房子（老照片）

◇ 阿尔勒古迹

疗养院外梵高绘画的橄榄园，依然如昔。已有年代的橄榄树群，除了结有橄榄，树干盘曲，美丽极了。

待在疗养院中的梵高，精神病持续发作，他带着浓重的忧伤与无法抑制的艺术创作狂热，像幽灵一般挥动画笔，线条扭曲缠绕，旋转出激烈的旋涡，宣泄出他独特的美学。

在圣雷米一年的光阴，梵高创作了大约一百五十幅油画、十幅水彩和一百幅左右的素描。他的绘画色彩不再有阿尔勒时期的光鲜明丽，明显地阴郁了下来，呈现不安的骚动和剧烈的冲击。在身心猛烈撞击的煎熬中，他试图以临摹先辈大师的宗教油画、木刻画、石印画，抚慰自己躁动的情绪。

病苦造就了梵高的艺术成就。若让他重生，他可愿意再一次让精神的病痛如此摧残？

奥维（Auves-sur-Oise）

来到奥维，仿佛从贫瘠无趣的山野来到了鸟语花香的仙境。

走在奥维的大街小巷，每一处都如诗如画。

这是个花园小城，每个屋角、每片墙畔、每条路径的边侧，全种植着草花，绽放着清新彩色的花朵，更因夹杂着香草类植物，空气中便带有各种不同的淡淡香气。

奥维是散步的绝佳地方，虽有不少上下坡及阶梯，但因为沿途有花有草可赏，走起来不但不觉疲累，反而可说是心旷神怡，享受极了！

奥维，梵高生命的终点站。

一八九〇年五月二十日，梵高来到这个小城，七月二十七日，以枪射击自己的胸部，严重受伤，两天之后，不治而亡，结束了他三十七岁的短暂生命。一八九一年一月二十五日，梵高的弟弟西奥病逝于荷兰，埋葬于乌特列支。一九一四年，西奥的妻子乔安娜，念及兄弟的手足之情，将西奥移葬至奥维，让梵高两兄弟永远合葬，安眠在奥维城外的墓园中。

一八九〇年，中国张之洞在汉阳设汉阳铁政局。德国贝林、日本北里柴三郎发现白喉抗毒素，开创血清疗法。英国马歇尔发表《经济学原理》，建立新古典经济学理论体系。德国科学家费歇尔合成果糖与葡萄糖。美国海军理论家马汉提出海权论学说。德国格里斯海姆建成第一座隔膜电解制取氯和烧碱的工厂。

梵高走出圣雷米疗养院，搭乘火车向北，越过巴黎，来到距离巴黎十多公里远的小镇奥维，待了下来，希望嘉舍医生能够将他从身心交瘁的精神苦痛中解救出来。

嘉舍医生为他找了个小旅馆，每天得支付六法郎。寄居了一星期，梵高觉得租金太高，搬进"拉武客栈"（Auberge Ravoux）二楼的一个边间，每天只需租金三点五法郎。客栈楼下是酒吧，当年奥维四周的农民与工人，喜欢在此饮酒聊天，如今，则是当地人与寻访梵高的观光客们吃饭浅酌之处。

◇ 奥维梵高租房

Vincent van Gogh arrive le 20 mai 1890 à Auvers-sur-...
Il s'installe à l'Auberge Ravoux où il paie sa pension 3...
par jour. Sur cette photo, prise la même année, Adeli...
fille de l'aubergiste, se tient debout devant la porte. E...
âgée de treize ans lorsque Van Gogh peint trois foi...
portrait. En 1954, elle se souvient du séjour de Van...
: chez nous, il était très estimé. On l'appelait fam...
ment "Monsieur Vincent" (...) Il rentrait vers midi...
déjeuner (...) Le menu était celui qu'on servait à l'é...
dans les restaurants : viande, légumes, salade, d...
Jamais il n'a fait rapporter un plat. Il était très acco...

On May 20th 1890, Vincent van Gogh arrives at Auvers-sur-Oise...
into the Ravoux Inn where his daily board costs 3.50 francs per day...
picture taken the same year, Adeline, the innkeeper's daughter (13...
is standing in front of the door. Van Gogh paints her portrait three...
1954, she recalls Van Gogh's stay : at home we all respected him. W...
call him familiarly "Monsieur Vincent" (...) He would return towar...
for lunch. (...) The menu was made up of all that was served in re...
at the time : meat, vegetables, salad and dessert. He never return...
He was most accomodating.

ゴッホは1890年5月20日にオーヴェール・シュール・オワ...
ラヴゥ亭に滞在しましたが、その下宿代一日3フラン50セ...
した。その年に撮影されたこの写真では、店主の娘アドリー...
に立っています。彼女は当時13歳で、ゴッホは3度彼女の肖...
ました。1954年に彼女はゴッホの滞在の思い出を次のように...
す。「彼は我が家でとても尊敬されていました。『ムッシュー・ウ...
と親しく呼んでいました (...) 正午頃には昼食に帰って来ま...
メニューはその頃のレストランで出していた、肉と野菜の料理...
それにデザートでした。いつも自分で皿を探してくれました...
調的でした」

◇ 奥维梵高租房，拉武客栈墙上的纪念牌

　　客栈二楼，如今布置成礼品商店，专门出售与梵高相关的复制图画、明信片、图书、T恤衫，以及各种有纪念性的小饰物，参观梵高房间的门票也在此购买，在此等待导览。

　　当年，拉武客栈有限的租房，从梵高及其他房客那里赚取少许租金，现在倒是借着梵高，大笔大笔地赚钱。

　　梵高住在拉武客栈两个月期间，原本的精神病苦，加上担忧生活费用，形成巨大的压力，严重地侵蚀他的心灵与肉体，终致自杀身亡。思虑及此，手握五欧元一张参观梵高房间的门票，悲从中来，情何以堪！

跟随导游，沿着拉武客栈狭窄弯转的楼梯，登上阁楼。楼上三间卧室，墙壁抹的是白石灰，散发着淡淡的霉味。梵高当年租下了左边的小房间，邻居是荷兰画家安东·希尔塞吉。

　　从开启的褐色木门走进梵高的房间，目测整个空间大约八平方米。铺设地板呈现的老旧，可以感受到年代的久远。涂抹白灰的墙壁，镶嵌进一个三拉门的长形木柜，漆着绿蓝色的油漆。屋内有一扇小天窗透着光亮，凑上前去，临窗向外看去，下面是大街，正对面越过马路、街树、广场，则是白色庄严的市政厅建筑。梵高每回凭窗而望，应该惊奇世事的巧合，自己转了一大圈后，在这异国他乡，居然会住进一个房间，屋外景致宛若童年居所的风光。生与死在他身上竟是这般循环。

　　虽然，时光不停地流逝，一百多年前，梵高在奥维以他的画笔留下的痕迹，却像魔棒一般，点一下定住了这些事物，叫它们依他的印象，永恒地保留下来。

　　变动的奥维，因梵高而有了不少的永不改变。奥维的地图上，圈注了梵高每一幅写生画的地点，按照图示，站在梵高作画的立足点，还可以看见竖立的梵高画作复制品，对照实景。

　　我去到了半山腰嘉舍医生家门口，镂花铁门深锁，层层直上的石阶之后，屋舍隐蔽。带着梵高所谓"我们时代忧郁表情"的医生复制画像，装框悬挂在门外白墙上。嘉舍医生因梵高而不朽。另外，身穿白色衣裙的医生女儿玛戈特丽特，她弹奏钢琴的侧影，带点日本浮世绘版画的趣味，也永远深植人心。

　　从杜比尼家的大房子及花园旁的草坡上方走过，低头便可细赏

◇嘉舍医生家门口（左）
◇梵高雕像（右）

整理得井然有序的大花园。

杜比尼是法国巴比松风景画派的主将，梵高生前敬重的画家。听闻杜比尼去世，梵高曾写信给西奥，描述自己内心的难受，认为杜比尼会活在一些人的记忆里，并作为后辈的榜样而不朽。十九世纪五十年代，杜比尼来到奥维，被优美的景物深深吸引，因此建筑了一幢带画室的房子，在小城里画下了许多风景画。后来，他又买了此幢大宅院，即现今的杜比尼美术馆，只是他本人并未能在里头居住，成为遗孀与其子的住所。

梵高在奥维期间，曾经画过三幅杜比尼的花园，其中一幅，景中可见一女子身影，或许是杜比尼的遗孀吧！梵高用绘画杜比尼家园的方式，作为表达他对大师的崇敬，或是钦羡？！

◇ 奥维，梵高所画的教堂

◇ 奥维麦田

　　奥维城后山冈上的教堂，建于十二至十三世纪，融合罗马式与哥特式，擎天而立，雄伟壮观。梵高选择了教堂侧面建筑入画，其余皆被隐没在深蓝的天空之下。这幅画色彩非常丰富，突出强烈的表现力，线条躁动，形体轮廓粗重，显示当时梵高明明欲求心灵的平静，情绪却摇摆不定，勃发不可抑扼的冲撞力量。

　　带给奥维人平安的宁静庄重、浅黄褐色的大教堂，到了梵高笔下，我仿佛看到上帝与撒旦正在教堂内巨斗，战况之惨烈，天地建筑因而扭动变色，终是沉沦抑或升华？画面上读不出，但越看进画幅之中，越惶恐无措了起来，终于……"砰！"一声枪响，我吓出一身冷汗：梵高死亡的预言。

◇ 奥维麦田

　　心中晃动着浓稠的悲伤，走过山冈上的教堂，穿过长长的林荫小步道，已来到奥维城郊，一片辽阔的麦田。

　　在绿色的麦丛中，以目力搜寻到了形如小提琴谱架的牌示。依循方向，走进麦田间的小径，来到梵高《麦田上的鸦群》油画中的写生点。农人依画幅，在麦丛间留下了三条分岔的田径。此时极目张望，麦穗油绿饱满，乡野景致安静甜美。

　　一八九〇年七月，天空清蓝，麦穗金黄，原该是丰收的欢庆，但是，我们的画家梵高站在这里，疾笔画出的却是：黑色的云层铺天盖地向地面压扑过来，麦丛抗拒，幻化如火焰，翻旋直蹿而上，急欲冲破黑色的桎梏；此时，黑色成群的乌鸦，从右上端的黑云中俯冲而下，

◇ 梵高兄弟之墓

无惧地投火自焚。画面呈现出的所有意象，如此令人心惊肉跳。

有专家学者认为，此乃梵高绝笔之作。我不在乎这是不是梵高的最后一幅画，我陷入沉思，在这里：他——身心煎熬的梵高，才三十七岁的梵高，举枪抵腰扣下了扳机，他倒下来，鲜红的血不断流淌，渗进了泥土里。

脚步是如此沉重，在梵高死后的一百一十八年，在温煦的奥维城郊，我仍为那遽然消失的年轻生命哀痛不已。

揣着伤情走过麦田，踏进石灰砖墙圈围的坟场，在墓堆中寻找到文森特·梵高与西奥·梵高两兄弟埋葬的地方。

间隔开墓园北面与麦田的石灰砖墙下，立着两块石碑，镌刻着梵高兄弟的姓名与生死年份。石碑前，略略隆起长约四米的墓地，上面爬满青绿色的常春藤。

我在墓前蹲了下来，久久地凝视。逐渐地，忧伤竟慢慢消逝了，我的心恢复安详平宁。

纵然生命短促，梵高为他所爱的宗教燃烧过，然后他又何其幸运地寻找到了所要追求的艺术，以十年光阴达到创作巅峰，留下数百件传世杰作。

生命终结之后，梵高非但没被遗忘，反而因他作品中诚挚动人的生命力而被世人纪念；他那情深义重的西奥弟弟，也能在身后依旧相伴，世上又有多少人能享有这样的成就与亲情？

安息了！文森特·梵高！安息了！西奥·梵高！

PART TWO

辑 二

我看梵高

我看梵高的经济算盘

画家梵高一生穷困潦倒，他究竟有没有经济算盘？

年轻的梵高，一出校门便踏入职场，可说十分幸运，被伯父安插到自己经营的古伯画廊里充当见习生，学做艺术经纪人。除在海牙本店工作过，还曾被派驻伦敦与巴黎的分店，看来前途似锦。可是，梵高迷恋伦敦房东的女儿尤金妮，神魂颠倒荒废工作，终致失去工作回到荷兰。但，即使是为了单相思的情爱，他也不肯屈服，竟从报纸广告谋求得一个低薪的寄宿学校教职，重返英国。这时的梵高完全是毫无经济算盘的爱情至上者。

爱情破灭返回荷兰，萎靡不振的梵高在叔叔的推荐下，成为多德雷赫特小城一家书店的店员。这时的梵高转移追求爱情的执着，成为追寻信仰上帝的虔诚基督教徒。他对前来书店买书的顾客介绍书时，只顾讲述自己心里对上帝、《圣经》和艺术的看法，老板很不满意他的工作态度。而卖书亦非梵高的志业，因此短短数月，他便告别了书店店员的生涯。这时的年轻梵高，仍然不知道要为经济生计盘算，反正没了工作就回家依靠父母。

终于，梵高下定决心要成为侍奉上帝的神职人员。他接受培训，随后去了比利时贫困的煤矿山区博里纳日。

那时，正值布瑞吉纳地区煤矿工人酗酒、生病，面临家庭饥贫、许多小孩夭折的困顿时期。燃烧宗教热情的梵高，把自己所有的一切，甚至薪金都捐赠出来，帮助穷苦受难的矿工和家属，自己过着苦行僧一般的生活。可是这样纯粹奉献的作风，却不见容于教会。

对于宗教的失望，使他执起画笔，从此走向献身艺术之路。担任传教士的这段时期，可说是梵高的理想主义时期，仍然没有经济概念，只知舍命济贫。

梵高对于自己的绘画从一开始就充满憧憬和信心，他先接受任职巴黎古伯画廊的弟弟西奥的资助勤习素描与油画，等他去到巴黎与西奥见面同住之后，画家已经是他当然的事业了。

梵高建议西奥支持当时新兴的印象派画家，替他们举办画展，趁他们尚未成名画价低廉时，先购买他们的画作。梵高还以自己的自画像去与他认为有希望成功的画家们交换画作。看中价格便宜的日本浮世绘版画，即令阮囊羞涩，自身仍有能力逐渐收藏累积。

巴黎时期之后，西奥给他的生活费，梵高已不认为是兄弟之间的帮助，而是西奥作为艺术经纪人对他的投资。被强迫作为"画坛新人"梵高的经纪人，西奥的角色非常尴尬。他先怀疑哥哥的才分，念及手足之情拉他一把；后来确定其作品的艺术价值，却无法如梵高所愿建立他在绘画市场上的地位。梵高常写信指责西奥推销新人不力。

上面这些显示梵高不断打着精明的经济算盘。

为了梵高的要求，西奥给予当时尚未成名的高更经济支持，让他到法国南部与梵高一起创作。与高更合作，从一个角度来说，大约是梵高最糟的经济算盘。共建南方工作室的理想没有达成，两人意见不合激烈争执下，反使梵高意气用事割掉一只耳朵，住进了精神病院。可是从另一个角度来讲，梵高与高更的合作又是很特异的经济算盘，双方之间戏剧性的故事，大大增加了两人知名度。

梵高在世，十年作画，海牙习画期间，伯父曾订购十二幅素描，鼓励他做专业艺术家。交卷后，伯父让他再画六幅海牙风景。但先前十二幅素描的部分，据说伯父嫌他画得不够好，要求重画，而没拿到钱。待他以画坛新人姿态出现后，直到他去世，经由西奥的不断努力，仅在他离世前不久，卖掉了一幅油画《红葡萄园》，售价四百法郎。因此，他在世时的生活开销，先是依靠父母，后来完全仰赖西奥支撑。

综观梵高一生，起先不懂打经济算盘，后来学会打经济算盘，却打早了年代，终致潦倒早逝。

倘若梵高活到今日，见到自己作品的天价、见到他所看好的画家都成为艺术史上的大师、见到浮世绘版画的收藏价有的水涨船高十分惊人，该有多么得意。

可惜他生错了时代。

从梵高的教育谈起

出身于牧师家庭，梵高小时候接受严格的家庭教育和良好的学校教育。

一八六○年梵高七岁，进入出生地津德尔特的小学就读。两百个学生一位教师，父母大为不满，一八六一年开始，梵高和妹妹安娜不再上学，双亲延聘一位家庭教师教导，直到一八六四年九月。十月，父母将十一岁的梵高送到泽芬贝亨镇，进入扬·普罗维利开办的寄宿学校读书。两年后，进入大城提耳堡的国立高级市立中学——威廉二世学院就读，接受一年零四个月的教育。之后，梵高结束学生时代，去到海牙古伯画廊当见习生。

接下来，梵高的教育断断续续：父母想培养他进入大学攻读学位，成为受人敬重的牧师，一八七七年五月让他暂住阿姆斯特丹伯父家，延请教师补习拉丁文、希腊文、代数、文法等准备考试，苦读至次年七月，梵高厌倦作为"学院牧师"的企图，放弃学习。但为了传教士的前途，一八七八年八月父母送他到布鲁塞尔的教会培训学校研习三个月。一八八○年梵高决心成为画家，在比利时瓦姆请求西奥寄书自学。这年十月至次年四月在布鲁塞尔习画，是否进入布鲁塞尔皇家艺术学院无据可查，但确知与一群学艺术的学生在德瓦斯街八号一间画室切磋绘画。一八八一年十一月底至十二月中在海牙跟随安东·莫夫学习，打下水彩素描基础。一八八六年一月注册成为安特卫普皇家艺术学院冬季班古董系学生，补上传统正规绘画教育的空白，并利用夜晚在画室练习。四个月后发现无法向传统妥协，离开前去巴黎，曾在画家费尔南·科尔蒙的画室一段时间，练习画模特儿和古典石膏像，结识了贝纳、罗特列克、安奎汀等人，彼此影响很深。

梵高十六岁以前在荷兰接受完整的教育。他的中学教育，注重多种语言的学习和理解分析能力，使后来他在英国学校教导学生法语、德语、算术等科目能够胜任。他到巴黎后没多久，信件便完全以法文书写。他的文笔荷文优美、法文流畅，除了语言教学的功效，家庭与学校培养课外阅读习惯，应有深厚的影响。最重要的则是他先入商界、转教育、改传教、再提笔绘画的大胆工作变化，每类工作都能全身心地投入，尤其最后选择绘画为毕生志业，从临摹至独创力的引发，我认为该归功于荷兰社会不特别看重学院教育的结果。

荷兰教育体制的设计，受人文精神的影响很大。从十七世纪中期，就开始以人为本，尊重学生的选择，为人道主义扎根。梵高显然受到这种精神强烈的影响。至今荷兰教育仍沿袭此传统，不特别鼓励精英教育，以教导学生如何自我完善、与社会融合为第一课题，同时注重课外阅读、艺术与手工艺的熏陶和训练，极力培育人道主义关怀、幽默，以及逻辑推理、动手能力。

观看梵高的绘画，不但欣赏艺术呈现的本身，也借绘画让我们思索更多的问题，教育便是带给我的省思之一。

梵高背后的女人

梵高十年绘画生涯，经济完全依靠弟弟西奥支持。梵高常常不领情，认为每月从西奥处得到的钱是自己以艺术品交换所赚。不论梵高如何冷嘲热讽，西奥均承受下来，一直在背后默默支持，替代了他背后女人的角色。

梵高死后不但在艺术史上占一席之地，更成为家喻户晓的传奇人物，我认为主要归功于两位女性：乔安娜·梵高－彭贺与海伦·库勒－穆勒。

一八八九年乔安娜与西奥结婚。梵高自杀后半年，西奥追随梵高脚步离世。乔安娜二十九岁成了寡妇，独自抚养一岁的儿子。伤心之余，她在日记中写道："除了孩子，他（指西奥）遗留给我另一项任务——梵高的画——尽可能地让它们曝光，供人欣赏；同时，将西奥与梵高的收藏完整保存下来留给孩子，也是我的工作。"

两年后，乔安娜决定离开令她伤心的巴黎，一位著名艺评家劝她把两百幅梵高油画以两千荷盾卖掉，周围人也劝她"清空"，她都毫不动摇。返回荷兰，在靠近阿姆斯特丹的一个宁静小村比瑟姆，乔安娜经营着一家小客栈养活自己和儿子，同时着手梵高的画作展览和信件整理。

乔安娜四处奔走，一九〇三年夏天终于促成荷兰艺术界在阿姆斯特丹市立美术馆举办了一个梵高特展，展出四百五十幅油画和素描作品。梵高书信也于一九一四年春出版，她支付制作费5785.991/2荷兰盾印刷两千一百本书，这在当年是一笔大数目。

这本书的编辑花费她二十四年的时间，每封信件都先手抄，再打字，求证日期并做注释。一九一五年乔安娜迁居纽约，进行梵高书信的英译工作，至一九二五年去世，共译出五百二十六封信。

海伦与乔安娜属于同一时代，两人既不认识，也不曾交往。海伦生长在一个富裕的实业界家庭，曾经是荷兰最富有的女人，三十五岁以后开始艺术收藏，丈夫安东·库勒－穆勒则收集土地作为动物保护区。

一九〇八年至一九二九年，海伦在艺术顾问布瑞默尔的协助下，系统地收藏了梵高八十七幅油画及近两百张素描，但是她向来不从乔安娜处购买，似乎有点较劲的味道。海伦不但收藏，更把梵高的作品送到各地展览，还曾赴纽约举办过特展。晚年海伦、安东把拥有的五千五百公顷地捐赠给国家作为国家公园，内修建库勒－穆勒美术馆，让海伦一生的收藏与大众分享。

二〇一〇年台湾联合报、台湾历史博物馆主办的"燃烧的灵魂·梵高"特展，除了《蓟花》一幅油画借自日本之外，其余梵高作品皆来自库勒－穆勒美术馆，便是海伦当年的收藏品。

乔安娜婚前原是一个普通的英文教师，婚后在家相夫教子，为完成丈夫留下的遗愿，坚强地走进复杂的社会，把生前给她家庭带来经济负担的梵高，变成世人崇拜的艺术奇才。

海伦与梵高生前没有交集，但她走进梵高的世界，不仅认同其绘画的价值，还运用财力把它们存留给后世热爱艺术的人群。

我觉得不该把乔安娜与海伦的精神、魄力埋藏在梵高的背后，特别写下这篇文章纪念这两位女性。

访故居看梵高的恋爱

十年间，我陆续走访完梵高的故居，一些地方留下过他爱情的痕迹。

二十岁的梵高，前往伦敦古伯画廊任职，在哈克福德路租屋。故居不大、建材普通，是整条街连幢房子的最边间。梵高很快爱上年方十九、活泼可爱的房东女儿尤金妮，遭受拒绝仍穷追不舍，触怒房东母女逼他搬家。迁居肯宁顿路，梵高经常走路去站岗，却没能感动意中人。梵高失魂落魄无心工作，最终离职。

返回荷兰，梵高敌不住思念之苦，寻得英国海边拉姆斯盖特一寄宿学校的教职，再度赴英。为了能远远望见尤金妮，他利用周末步行一百九十公里，花二十多小时到伦敦，再赶回学校。两个半月后学校迁至艾尔沃斯，距伦敦二十九公里，减少了他许多脚程。不久他转换学校任教，受校长琼斯牧师影响，将痛苦的单恋移情至宗教方得解脱。

一八八一年四月，梵高住回埃滕父母家。夏天，表姐凯带八岁的儿子来家中度假。寡居的凯长梵高七岁，温柔婉约，常与梵高一起散步，也陪伴他到郊外素描。梵高激起爱慕之情，鼓起勇气求爱。"不，不，永远不可能！"凯仓皇逃离。

二十八岁的梵高，坚持认为真诚之爱可扭转局面，写信无效，秋天亲往阿姆斯特丹皇帝运河街姨父母家（依傍运河的全是鳞次栉比的华屋），求见凯不成，他毫不犹豫地把手放到烛火上灼烧以明心志，却没感动凯现身，不得不悲痛断念。

次年一月，梵高住到海牙习画，下旬遇见欣，一个已有小孩又怀孕的妓女。他伸出同情之手，以弟弟西奥资助的有限生活费，与欣展开不受亲友祝福的同居关系。租房现今不再，但很容易找出当时房子狭小局促的感觉。情史延续一年九个月断裂，梵高离开。

一八八三年十二月至一八八五年十一月，梵高和父母同住纽伦牧师屋，遇见玛戈特陷入恋爱。玛戈特家与梵高家毗邻，两幢华屋并驻于贝赫街上。三十岁的梵高曾写信向西奥表白："我们两人真正地相爱。"决定结婚，可惜女方家坚决反对，玛戈特服毒自杀获救后被送走。清丽端庄的玛戈特虽年长梵高十二岁，却是唯一真正爱他的女人，梵高事后叹惋命运捉弄。

综观梵高初恋是典型的少男情怀，以充满梦幻的行动来表达激情；第二次爱情，其实带有浓厚的恋母情结，他却误以为是爱情；第三次完全是他宗教悲悯和性宣泄的结果；第四次爱情，最初梵高是有点公子哥儿玩世不恭的态度，但两情相悦终于转折为成熟的恋情。

梵高对于色彩特别敏锐关注。他曾学钢琴，每弹一个音都要询问教师是何颜色。能以什么色彩来形容梵高的恋爱？我想，尤金妮应是彩虹，璀璨的七色，遥远缥缈；凯应该是温暖的橘红色与恬美隽永的天蓝色和淡紫色；欣呢，可以用褐色系列及灰色、墨蓝色代表他们感情夹杂的绵绵愁苦；对玛戈特的爱则是高雅堂皇的金色、圣洁的白色却掺杂了红色与海蓝色吧！

后记　踏寻梵高足迹后的省思

在长年时光的流转中，我，既是刻意也是随兴，断断续续在地图上，踏寻梵高曾经的足迹。

回家翻阅史料，得知与梵高同时代的中国重要知名画家，包括：虚谷（1823—1896）、任伯年（1840—1895 或 1896）、吴昌硕（1844—1927）、齐白石（1864—1957）、黄宾虹（1864—1955）等。

据中国美术史记载：虚谷运用干笔偏锋，敷色以淡彩为主，偶亦用强烈对比色。任伯年重视写生，以勾勒、点簇、泼墨交替互用，赋色鲜活明丽，形象生动活泼。吴昌硕制印用笔结体，朴茂雄健，古气盘旋，能破陈规；作画博采徐渭、朱耷、石涛、赵之谦诸家之长，兼取篆、隶、狂草笔意，色酣墨饱，雄健古拙。作品重整体，尚气势，有金石气。齐白石重视创造，经常否定已得成就，不断求变，画花鸟虫鱼、山水、人物，笔墨纵横雄健，造型简练质朴，神态活泼，色彩鲜明强烈，取材广阔，充满民间情味。黄宾虹平生遍游山川，重视写生，积稿盈万。中年严于用笔，晚年精于用墨。常作山水元气淋漓，墨华飞动，浑厚华滋，意境深邃；偶作花鸟草虫，亦奇崛有致。

这些画家的作品，再度从我脑海记忆库中翻出，与梵高的创作比对：梵高的素描让我联想起白石老人画作的线条和笔意；梵高油画的笔触和大胆色块，则往往让我与黄宾虹淋漓潇洒的山水相呼应。

思念梵高、追寻他足迹的同时，我不曾忘记自己家国的艺术与创作者。

走访过梵高在世上三十七年的足迹，写完印象中的点点滴滴，放下笔，我居然没有什么兴奋。回想起来，踏寻的过程，仿佛有一种无形的鞭策力量，催促自己不断地走、不停地冲，充满激情与欲望。随着行程的结束、文章的完成，收集、整理与省思告一段落，只觉得心中终于获得了平静。

捡拾梵高的脚印，我无怨无悔。感激在此过程中，他带给我对生命更多的领悟和对艺术更深的融会贯通。

◇ 梵高 《隆河的星夜》

◇ 梵高　《橄榄树丛》　油彩、画布　72cm×93cm　1889

◇ 梵高 《星夜》 油彩画布 73.5cm×92.1cm 1889

◇ 梵高 《黄昏的散步》 油彩 1890

◇ 梵高　《普罗旺斯夜晚的乡村小路》　油画　1890

◇ 梵高藏在苏黎世的作品《播种》

◇ 梵高　手拿调色板的自画像　油画　1888

◇ 梵高　戴毡帽的自画像　油画　19cm × 14cm　1887